这个世界上有坏人，有黑暗。
而你像一束光，
引着太阳，向我走来。

阮笙绿／著

WODESHIJIE CANLANDENI

我的世界，灿烂的你

百花洲文艺出版社
BAIHUAZHOU LITERATURE AND ART PRESS

图书在版编目（ＣＩＰ）数据

我的世界，灿烂的你 / 阮笙绿著. — 南昌 ： 百花洲文艺
出版社，2017.7
ISBN 978-7-5500-2317-8

Ⅰ．①我… Ⅱ．①阮… Ⅲ．①长篇小说－中国－当代
Ⅳ．①I247.5

中国版本图书馆CIP数据核字(2017)第163602号

出 版 者　百花洲文艺出版社
社　　 址　江西省南昌市红谷滩世贸路898号博能中心A座20楼 邮编：330038
电　　 话　0791-86895108（发行热线）　0791-86894790（编辑热线）
网　　 址　http://www.bhzwy.com
E-mail　bhzwy0791@163.com

书　 名　我的世界，灿烂的你
作　 者　阮笙绿
出 版 人　姚雪雪
责任编辑　李梦琦　李 瑶
特约编辑　颜小玩
封面设计　Insect
封面绘制　李淡淡
经　 销　全国新华书店
印　 刷　长沙鸿发印务实业有限公司（长沙黄花工业园三号 邮编410137）
开　 本　880mm×1230mm　1/32
印　 张　8.5
字　 数　200千字
版　 次　2017年10月第1版
印　 次　2017年10月第1次印刷
定　 价　29.80元
书　 号　ISBN 978-7-5500-2317-8

赣版权登字：05-2017-261

目录
Contents

目录
Contents

【楔子】

/

WODESHIJIE
CANLANDE
NI

很多年以后，那个身负盛名又饱受争议的男人终于走下神坛，接受一档电视节目的邀请，作为记忆大赛的评审，出现在观众面前。那个神一样的男人，破案无数，被称之为"警界最强武器"，有着无数的传说，应是张老迈而严肃的脸，众人怎么也没想到，打开电视会看到如此清俊好看的面孔。

那个男人坐在评审席上，坐姿挺拔，双手自然地交叠，静静地看着台上选手的表现，漆黑的眸子深邃如渊，脸庞清瘦，皮肤却很白，穿深色的衬衣，整个人透着冷静禁欲的贵族气息。

而就是这位满身禁欲色彩的男人，在节目之后，接受主持人采访时，语出惊人。

"因为夫人怀孕了，要赚奶粉钱，所以不得不接受了节目组的邀请。而且……"他停顿了一下，也许是想到了什么人，无奈地扶额笑了笑，

"夫人是另一位嘉宾的粉丝，我待会儿还要去要签名，这是出门前她给我的任务，完不成不给进家门的。"

主持人妹子不淡定了，哭丧着脸说："蓝大神，您这样公开秀恩爱真的好吗？"

男人抬头，困惑地看着主持人妹子："秀恩爱？我以为这是每个男人的日常。"

主持人妹子崩溃："并不是好吗？哎呀，既然都开始秀恩爱了，我们就别停下来，大神，来跟我们讲一讲您夫人的事吧。"

"讲哪个方面？"男人问。

"哪个方面您最熟悉，就讲哪个方面。"

"她的所有我都十分熟悉。"

"那就都讲一讲。"

"抱歉。"男人弯唇一笑，"这恐怕要讲很久很久，因为她的一切我都记得。喜爱的食物、讨厌的食物，第一次考双百得到的奖励，第一次挨打躲避的小屋，第一个被风吹走的风车，第一次收到的花……全都记得，但是我并无意与大家分享。因为，她，以及她的一切，都是我一个人的宝藏。"

连小元顶着肚子在家里看电视，看到这一段，忍不住"喊"了一声，抚着肚子跟肚子里的宝宝吐槽："你爸爸真是一个小气鬼，他不讲，妈妈讲给你听。乖宝宝，你知道吗？这真的是一个让人难过，又温柔灿烂的故事……"

【 第一章 】
久别重逢的他

也许曾经的亲昵，
不过是她年少时期的一场妄想。

1

连小元今天接到了一个神秘的任务。

任务是她所在的 S 市城东分局的郭局，亲自指派给她的，当时郭局的办公室里，还有他们刑侦一队的队长唐御臣。

刚下过雨，办公室里开着窗，呼吸间是湿润泥土的芳香气味，阳光透过窗外的梧桐树的枝叶间照进来，地上一片斑驳的碎光。就是这么一派生机勃勃，才显得办公室里两个男人的表情尤其凝重严肃。

她并不是第一天当刑警，事实上，身为城东分局著名的霸王花，她近几年在警队混得算是顺风顺水，大小嘉奖也有不少，自认面对什么样的犯人都不会犯怵。

但是，今天，看到两位自己敬佩的上司露出这样的表情，她还是忍不住紧张了一下，双手不自觉地揪了一把衣角。

郭局注意到她的小动作，为了缓和她的情绪，亲自给她倒了杯茶，递到她手上，口气和蔼起来，可是事态实在不容乐观，他虽然刻意和蔼，但还是透出了异常的凝重。

"认得蓝非原吗？"

连小元站直了身子，接过茶杯，道了声谢，然后老老实实地回答："认得。"

她刚走进局长办公室时，坐在沙发上的唐御臣抬头看了她一眼，英气逼人的双眸里竟有几分担忧，她在那一刻就有了一种不好的预感。

听到蓝非原这个名字，她是想说不认得的。但是在 S 市，谁不认得蓝非原？

作为 S 市首屈一指的律师，蓝非原年轻得有点过分，不过而立之年，就在法庭之上，战遍一众前辈，不追求全胜，只争取最大利益，跟他做对手，无论输赢都莫名有种吃亏上当的感觉。而且相传此人有项技能，记忆力超强，过目不忘，跟他拼案例，那就是一个"死"字。

郭局继续和蔼地问连小元："熟吗？"

连小元条件反射地摇了摇头，非常使劲。

她跟蓝非原真的称不上熟，至少对方肯定是这么认为的。

"小元啊，你不必隐瞒，我们都知道了。"郭局坐回办公椅上，慈祥地看着连小元，声音听起来有些循循善诱的味道，"你十岁的时候，你父亲亲手抓捕过的一个罪犯，出狱后报复，把你绑架了。一同被绑架的还有，当时协助你父亲办案的罪案专家的儿子，也就是蓝非原。当初这桩案子轰动一时，你父亲和蓝非原的父亲，也就是著名的罪案专家蓝宁远，多年后再次合作，完美地破了案，你们两个也被解救了。

你父亲殉职时，蓝宁远带着蓝非原去你家悼念过，你们两家渊源这么深，怎么能说不熟呢？"

握着杯子的手渗出汗来，黏黏腻腻，连小元深吸了一口气，苦笑起来。

郭局说的都是事实，她爸爸赵越赵警官粗人一个，却有蓝宁远那样满腹经纶的读书人朋友，她也是挺意外的，但是那仅限于父辈们的感情。

她和蓝非原，她也曾经以为他们是熟的，但是时隔十年没见，一切都不一样了。

连小元在警局意外地再次遇见蓝非原时，他正被一个女孩缠着。

那个女孩就是龙懿，唐御臣的未婚妻罗施的闺蜜兼经纪人，只不过那个时候唐御臣还没跟罗施订婚，她还不认得罗施，更不认得龙懿。她只觉得龙懿是那种喜欢一个人，就全身心扑上去的女孩，即便嘴上不说，眼里、心里全是他。

龙懿就用那种痴迷的眼神看着蓝非原，蓝非原在看手上的文件，眉头深锁着，五官有和锋利的美感，浑身上下透着一股冷冷的禁欲味道，露在袖口外的手腕雪白，手指纤长，莫名让人觉得性感，却又不太敢靠近。

他很快看完了那份文件，递给龙懿，说："合约没问题，让小施签吧。下次再找我看合同，直接拍张照片发给我就行，不用特意跑一趟。"

龙懿接过合约，挠挠头，动作看似大大咧咧，眼睛却柔出了水："当面看一下，比较放心嘛。而且，合约也比较着急，制片方还等着呢。"

蓝非原看她一眼，表情有点冷酷无情："拍照片不是更快？"

"也……也是。"龙懿似乎有点尴尬，又似乎觉得不甘心，踌躇半天才犹豫着问，"那个……蓝哥，午饭时间到了，要不要一起吃个饭？"

"制片方不是还在等合同吗？"他说着拿出了车钥匙，已经要走了，长腿笔直被西装裤包裹得十分有型，"再找机会吧。"

龙懿似乎有些失望，但是也实在不知道该说什么，只能站在原地朝他挥手。

他那副不解风情的模样，让连小元笑出声来，想想小时候，蓝非原跟她在一起时，情商可没那么低，相反，他是很敏锐的一个人，怎么可能看不出女孩的心思，明明就是装傻。

连小元朝蓝非原追了过去，他正要打开驾驶座的门，蓝色的保时捷，看起来有些距离感和冷漠，像个清闲傲慢的小开，不太像他会喜欢的车。

但是连小元当时沉浸在认出他的兴奋中，完全想不到其他的，就冲过去说："小非哥，我是小元啊，赵越家的赵小元，只不过现在我跟我妈姓，改成连小元了。你还记得我吗？"

她当时刚出外勤回来，穿的是警服，自认还算英姿飒爽，巾帼不让须眉，可是蓝非原看到她的眼神却一点都谈不上欣赏。

他上上下下打量着她，她也在看他，满心欣喜。

因为来警局是公事，他穿的是西装，三件式，整齐到一丝不苟，领带系得十分标准，戴着眼镜，比少年时期多了几分成熟沉稳，还有让她陌生的冷淡和疏离。

她心跳很快，等着他夸她，因为她也瘦了很多，不敢说是魔鬼身材吧，至少也是凹凸有致的。他从小就一直嚷着"赵小胖子你该减肥了"，现在她真的如他所愿瘦成了一道闪电，他该如何夸她？抑或是惊喜？

等了半晌，却没有惊喜，他鼻子里冒出一声冷哼，极轻、极淡，但她还是听到了。

"当警察了？"他呵出一口气，"挺好，为人民服务，挺好，挺好……再见。"然后打开车门，极重地关了门，发动车子，疾驰而去。

那到底是什么态度？

她感觉到一盆凉水兜头泼下，浇熄了她因为重逢而沸腾的喜悦，从头凉到了脚，站在那里许久都没回过神来。

2

当天晚上他们又见了一次。

连小元支援别的组，抓一伙卖假证的，追进一个酒吧。卖假证的跑得太快，在人群里横冲直撞，她追得有点不耐烦，一个飞扑将那个目测快一米九的壮小伙扑倒，左手压住他的脖子，右手抄腰间摸出手铐，给他铐上。一连串动作流畅帅气，酒吧里原本跳舞喝酒的年轻人全不动了，都直愣愣地看着她，接着爆发出一阵阵掌声、口哨声。

喝得有点高的半大小伙子冲她挤眼："姐姐，人家也想被你逮捕。"

跟在她身后进来的男警察瞪了那醉鬼一眼，晃了晃手铐："姐姐没空，哥哥给你铐上怎么样？"

醉鬼的朋友看情形不对，立刻将那醉鬼拖走，不停地道歉："警察同志，这家伙喝多了，别跟他一般见识。你们辛苦啦，辛苦啦。"说着还敬了个特别业余的军礼。

连小元和男警察没说什么，押着卖假证的往外走。

就在这时，她看到了蓝非原，他穿着黑色的衬衣，衬衣领口敞开着，手里拿了瓶啤酒，背靠在朱红色的大沙发上，目光穿过人群看着她。

他本就长得好看，此时没戴眼镜，又喝了一些酒，白皙的皮肤泛着一点红，跟白天时禁欲、严谨的他判若两人。昏暗光线中，他宛若融入夜色的吸血鬼，用那种冰冷的眼神看着她，仿佛在看一个陌生人。

她受不了那样被他看着，有些惊慌失措地移开了视线，押着卖假证的离开了酒吧。

回到警局，完成交接，他的那双眼睛还在她面前晃着，她在警局门外站了许久，突然产生一种被抛弃的愤恨感，气得噌噌噌地跑去了警局的健身中心，恶狠狠地打了一个小时的沙袋，手背打出了瘀青，心头那股气，还是没有缓解。

也许曾经的亲昵，不过是她年少时期的一场妄想。

她气馁地在心里告诫自己，从此没再主动跟他说过话，一直当陌生人一样相处着。

连小元抬起头看着郭局，郑重地重复了一遍："我们真的不熟，去年我把他的车开进沟里，他还威胁我说不许我再靠近他，否则他就去法院申请禁制令。"

郭局收起了慈祥的表情，神情严肃起来："你们年轻人闹别扭很正常，我理解的。但现在是非常时期，小别扭什么的先放一放，蓝宁远昨天在美国被刺杀，手中大量资料被刺客销毁，而就在前一天，蓝宁远还跟国内警方沟通，说找到了一个未破案件的关键突破口。因为这个作为突破口的证据未经证实，蓝宁远决定回国跟警方一起研究之后再做公开，因此谁也不知道他指的是哪桩案子，证据指的又是什么。"

连小元听到蓝宁远被刺杀，心里"咯噔"一跳，那个看起来很不好相处的冷面叔叔，其实内心十分温柔。她小时候摔倒，赵越大大咧咧不在意，而那个冷面叔叔虽然也不会过多关心，却会在经过她身边时，递给她一根棒棒糖。

竟然被刺杀了……

连小元，鼻子发酸，眼眶红了起来。

"那他……蓝非原知不知道？"她低声问。

"他还不知道。蓝宁远这个人一向谨慎，身边连助理都没有，他的资料都是蓝非原帮助整理的，也就是说蓝非原看过蓝宁远手中所有的资料。蓝宁远曾经跟人说过，他有一个备用的资料库，在任何人都找不到的地方。他所说的证据很可能就藏在资料库中，你知道那个资料库在哪里吗？"郭局说到这里，眼神变得精明而犀利。

连小元突然有了一种奇怪的预感，她想起小的时候，冷面蓝叔叔带着她和蓝非原一起玩的记忆游戏，蓝非原总是能快速且轻易记住很复杂的文字和图案，看书几乎是过目不忘。莫非那个时候，蓝叔叔是在刻意训练蓝非原的记忆力？

那么，那个谁也找不到的资料库，就是……

这个想法让连小元脸色发白，忍不住为蓝非原的处境担忧起来。

唐御至看到连小元发白的脸，护犊子的本性被激发出来，噌的一下站起来，他本就英挺帅气，一米八五的挺拔身高，在房间里显得十分有压迫感，他对郭局说："郭局，这么重的担子不能都压在小元一个人身上，我也能……"

"你住口。"郭局瞪了唐御臣一眼，"你不是快要结婚了吗？该忙婚礼忙婚礼，该干什么干什么。警局一切事务不变，保护那个移动资料库的任务，只能交给小元，他们俩是发小，离得近些最不惹人注意。派你这个刑警队长去保护他，不是摆明了告诉那个不知道在哪儿的杀手，备份资料库就是蓝非原的大脑吗？到时候，他可就真成了活生生的人肉靶子了。"

唐御臣不说话了，目光落在连小元身上。

这个姑娘跟他的爱人罗施同岁，虽然生得高挑点，又是短发，看起来有点像假小子，但是做她的上司几年了，他清楚得很，这个姑娘的内心并没有看起来那么大大咧咧。她因为早年丧父，作为警察家属，经历的又比普通女孩多，所以显得无坚不摧，若相处久了，不难发现她心里的敏感脆弱和倔强，跟普通女孩并没有什么区别。

连小元接触到唐御臣的目光，知道自家头儿担心她，努力挤出一个笑容来，对唐御臣，也对郭局说："我接受这个任务。"

3

从郭局的办公室出来，正好是午饭时间，办公室里其他人都去警局食堂了。小李见连小元耷拉着脑袋走进来，上前拍了下她的肩膀，笑道："听说今天有土豆炖牛肉，周妈的土豆炖牛肉是一绝，每次都秒光。今天我特意打电话给食堂小马，让他留了两份，你一份我一份，怎么样？够意思吧？"

"够意思。"连小元蔫头蔫脑地坐在椅子上，连笑容都挤不出来了，就冲着小李挥了挥手，"不过，今天我没胃口，两份你都吃了吧，就当补充营养了。"

"你想撑死我啊？"小李看连小元那副状态，觉出不对劲来，指了指郭局的办公室，小声问，"怎么着？挨批了？因为什么事？你最近也没干什么呀！"

连小元心里被蓝宁远遇刺的消息堵得难受，实在不想说话，就朝桌子上一趴，冲小李嚷了起来："没有，我就是不太舒服，想睡一会儿，你自己去吃吧，别烦我了，拜托。"

"好好好，不烦你，牛肉给你留着，饿了记得去找小马要，让他热热给你吃。"小李识相地不再烦她，耸耸肩走了。

小李走后，办公室里只剩下她一个人，突如其来的宁静，让她无所适从，思绪不受控制地乱转，但是无论怎么转，都围绕着一个人。

蓝非原。

他知道蓝宁远遇刺的消息会怎么样？会不会也如她刚接到赵越殉职的消息时，那般哭晕在地上？不不不，蓝非原这人冷静得像个假人，他是不会哭的，那么他到底该如何排解这份痛苦？

胡思乱想着，她竟然恍惚间看到了一扇门，将门推开，里面是间办公室，那个男人穿着整齐的三件式西装，在办公桌前处理堆积如山的文件。文件处理完，走出去便是会议室，他坐下去，凝眉看着大屏幕。

大屏幕的暖白的光投射下来，将他的五官映得冷硬，眉头微微敛着，乌黑的眸子里如冰封一般，毫无波澜，她觉得那个不是他的脸、他的眼，那是面具，是冰雕成的面具，她看着就觉得冷。

开完会，又是应酬，觥筹交错，俊美的人戴着冰雕的面具，职业而得体地微笑，跟别人寒暄。他喝酒，他跳舞，他高谈阔论，可他不哭，即使心口在淌血。

连小元终于看不下去了，冲到宴会中间，挥手给了他一拳。

天地在摇晃，宴会上的水晶灯摇摇欲坠，光影交错间，他捂着脸，冷冷看着她，没有说话。

她在他的沉默冷静中崩溃，哭着冲过去揪住他的衣领："蓝小非，你难过就哭出来啊，你哭啊，哭也不是什么大不了的事情，你这样忍着到底给谁看？实在不愿意哭，你干点别的发泄一下，不要这样了好不好？求你了。"

蓝非原冷冷的眼神，被摇晃的水晶灯晃出潋滟的光，他看着她，一只手握住了她的手，另一只手搂住她的腰，倾身压下。

她整个人朝后倒，宴会现场如水晶碎片般破裂，她倒在软绵绵的大床上，他激烈地吻上她的唇，撕开她的衬衣，咬着她的耳朵，在她耳边冷声呢喃："干点别的发泄一下，这样也可以吗？"

他卸下了冰雕成的面具，化身为野兽，她却笑了。

可以的，蓝小非，只要你能够活得像个人，这样也是可以的，怎样都是可以的。

生涩的身体被进入的痛楚，意外地真实，她一惊，带着一身冷汗，清醒过来。

竟然是个梦。

就算是个梦……也太离谱了。

她都干了些什么？梦里的画面犹在眼前，她羞耻地捂着脸，趴在桌子上，半晌都没吭声。

因为那个梦，连小元有些没脸在办公室里待着，就收拾了一下，洗了把脸，趁着同事们回来之前，开车杀去了蓝非原的律师事务所。

蓝氏律师事务所位于城中区的一处商务大厦中，十一楼，一整层都是，商务简约的装修风格，黑白灰的内饰，落地窗擦拭得窗明几净，站在上面看下去，半个城市都在眼前，简单概括起来就一句话：高端大气上档次。

高端大气上档次的老板正在开会，一身深蓝色商务西装衬得人挺拔而俊美，声音如他此时的表情一样严谨、刻板，没有什么情绪起伏。

连小元透过没关的门，静静地看着他，又想起了那个梦。她并没有亲眼见过他工作的样子，完全是脑补的，竟然也跟现实如出一辙。只是，梦境归梦境，现实里，她对他的印象，还停留在以前，有些没办法把眼前这个一副禁欲系社会精英派头的男人，跟小的时候认识的，那个秀雅、聪慧又有几分调皮、狡猾的少年联系在一起。

唯一相同的是，他还是那样厉害。他们大概在讨论接下来要集中处理的几桩案子，有财产纠纷，还有企业的资产重组，都不是轻松的活儿。会议室里每个人都严阵以待，精神高度集中，聚精会神地看着手中厚厚的卷宗。

他手里什么都没有，身后的大屏幕播放着做好的PPT，他也不转身看一眼，完全靠着记忆，将案件分析得条理清晰。那些烦琐的细节，负责的人员参与，还有一些外行看一眼就头大的数字，在他眼里不过是一些符号，他的表情太过轻松、冷静，毫不费力的神情，让一屋子的人看起来有些沮丧。

很多人面对他的时候，都有过这样的沮丧。

怎么努力也追不上这个人，这种认知真的挺让人绝望的。

连小元就从没有过这种沮丧，她一直引以为傲，她的小非哥就是这么厉害，而且跟她最好，她多骄傲啊。

被绑架的那段日子，尽管心理医生说过，如果可以遗忘，没关系，顺应自己的内心，可是她却不愿意忘，她之所以遭受过那样的劫难后，也并没有患上PTSD创伤后应激障碍，完全是因为，那段日子，并不难熬。

因为，有她的蓝小非保护她。

【第二章】
被绑架的青梅竹马

我当初那样拼命地将你救出去，是想让你日后
好好地生活，平凡也好，普通也好，都没关系，
好好活着。

1

时至今日，那段记忆还是十分清晰，那间关着他们两个的出租屋，闷热的房间里吱呀吱呀转动的旧风扇，构成一段十分荒谬的温馨回忆。

她记得很清楚，他们两个被绑架是在八月份，这个城市最炎热的季节，出租屋里的窗户和门关得紧紧的，一丝风都没有，他们两个被反绑着手，蜷缩在房间的角落里。角落里堆满了废弃的纸箱，蓝非原与她肩并肩挤在一起，悄声在她耳边说："绑匪没蒙住我们的眼睛，我们两个都看见了他的脸，他一开始就没打算让我们活着出去。小胖子，我会制造机会让你往外跑，你一定要抓住机会，拼命地跑，别回头。外面有条马路，往左手方向跑，遇到一个石墩的路口左转，跑到有人的地方就求路人报警。若是遇见的路人不肯理你，你就大声喊，遇到人的地方大概也到了住宅区，吸引越多人看到你，你就越安全。"

"蓝小非，我跑了，那你呢？"

"他们开车绑架我们来这里时，我已经把路过的所有道路都记住了，总会想到办法的。"

他那个时候的声音跟这个时候完全不同，柔软而沉稳，理性又富有感情，他那个时候说过的话，她那么多年都没忘记，一个字都没忘。

那天晚上，蓝非原将水洒进电风扇插座，出租屋电路短路，陷入一片漆黑，蓝非原拖着她在黑暗中摸索，跟看守他们的歹徒捉迷藏。

眼前虽然是一片漆黑，可他心中早已画好了地图，摸到门口不是难事，只是歹徒也不傻，他们刚打开门，歹徒就窜了过来，机会就那么一瞬间，他将她推了出去，然后关上门，声嘶力竭地喊："跑，快点跑……"

她记得他沙哑的嗓子，如沙子一般磨砺着她的心，直到今天，想起那一幕，还扎得她心口生疼。

她记着他的话，不敢耽搁，拼命地跑，连滚带爬地跑……按照他给出的路线，总不会有错，她真的跑到了有人的地方，哭着求人家报了警。

然而她的记性并没有他那么好，找路耽搁了一会儿，警察寻到出租屋的时候，他已经被转移了。

她在医院里听到这个消息，几乎哭晕了过去，那种自责和害怕将她打入地狱，比在出租屋里还要难熬。

幸好三天后，赵越和蓝宁远终于找到了他，十几岁的少年被折磨得不成人形，她挤在人群中看他，始终不敢往前站，就那么一直后退后退，始终不敢跟他说话。

后来他去了国外治疗，她彻底见不到他了，那时候她才知道后悔，可是后悔有什么用？心病种下并不是那么容易痊愈的，直到今天，这一刻，她站在他的咫尺，还是觉得欠他的。

2

"你在这里干什么？"

耳边响起一个平静低沉的声音。会议散了，蓝非原手里拿着平板电脑站在她面前，他说着话，将顺手摘掉的眼镜放进西装口袋里，手捏了捏鼻梁，似乎很累。再抬头时，那平静异常、无波无澜的双眼，无遮无掩地暴露在她面前。

"有法律问题需要咨询吗？请先去前台登记，前台会给你详细的价目表。"

他以前跟她说话的表情和口气，不是这样的。

尽管重逢后不是第一次感受到他的冷漠，尽管做好了心理准备，连小元还是觉得难受，但她不能表现出来，他要装不认识，那么他们就从陌生人的模式开始相处好了。

"我要找你，不知道蓝大律师现在是什么价格？"她扬唇笑起来，那笑容想必非常欠揍，她连小元气起人来也是相当专业的。

她做好了战斗准备，可没想到对方完全不接招，只丢下一句"请去前台预约"就走了。

连小元气得直跺脚，可是有什么办法，这是在他的地盘，他不想跟她说话，她能怎么办？

预约就预约吧。

"抱歉，小姐，蓝律师这个月的工作都已经排满了，帮您预约下个月，您看可以吗？"

笑容甜美的前台妹子，声音也如长相般甜美，可是连小元显然一点也不享受这份甜美，她听到妹子的话，都要抓狂了。

下个月，下个月黄花菜都凉了好吗？

一不做二不休，连小元在前台和秘书的阻拦声中，闯进了蓝非原的办公室，转身关上门，将一脸惊慌的前台和秘书关在门外，拉了把椅子，坐在蓝非原对面。

蓝非原正在伏案写着什么，面前摊开的文件铺满了办公桌，他听见了动静，却始终头都没抬。

"我有很重要的事情找你。"她开门见山，但接下来的话实在太残酷，她说到这里竟有些犹豫，"蓝叔叔……在美国被刺杀了……"

蓝非原的笔停住了，办公室里的空气仿佛凝滞了一般，隔着一张办公桌，她甚至都能听到他沉重凌乱的呼吸声。

他似乎在极力压抑着心里的痛苦。

连小元不忍心看到他这副样子，忍不住伸手握住他的手："我知道你很难过，我也很难过，但眼下不是难过的时候，你现在的处境很危险，警局希望你能接受我们的保护。"

"早晚有这一天的。"蓝非原放下笔，抬起头，眼眶红得吓人，"很小的时候，他就跟我说过，因罪案生因罪案死，这是他毕生的理想，他终于满足了。"

连小元从没见过蓝非原这副样子，她吞了吞口水，想要安慰他，可是又不知道该安慰些什么。

她是理解这种心情的，赵越殉职的时候，她也不过十几岁，还算是个孩子，那种世界陡然倾倒的感觉，不身处其中，很难感同身受。

"赵小元，你为什么要当警察？"蓝非原看着她，他很会控制自己的情绪，只不过短短的几十秒，他眼眶中的红意已经在消退了，"你父亲殉职了，我父亲也是，他们都是这个职业中顶尖的人，却都得到了这样的结果，你为什么还要当警察？"

他叫的是她以前的名字，平静的声音出现了一丝颤抖，就如同一直尘封着的一坛酒，摔在地上，终于裂开了一条缝，甘洌的香气就这么溢了出来。

连小元抬起头，眼眶发红，叫了一声："蓝小非。"

"我当初那样拼命地将你救出去，是想让你日后好好地生活，平凡也好，普通也好，都没关系，好好活着。"蓝非原越说越激动，满腔的心痛都化成了怒意，全部发泄了出来，"再次见面，你穿着警服蹦蹦跳跳跑到我面前笑，你有什么好笑的？满身臭汗冲进酒吧，扑倒一个大概有你两个宽的壮汉，很英勇吗？满足吗？昨天的赵警官，今天的我父亲，明天是不是你？排着队往我心口插刀，这就是你报答我的方式？"

连小元低下头，无声地哭了起来。

原来……她的蓝小非，不是介意她当年没能救他，不是忘记了她，而是太重情义，始终都无法接受她选择的这条路，这条可以预见的、满是荆棘的人生道路。

"我不会死的。"连小元含着眼泪笑着看他，"我成为警察之前，做了很多的准备，我是全市的散打冠军，还学了很多其他的功夫，没人打得过我。我不会死，我还要活着保护你，还要亲手抓到刺杀蓝叔叔的那个浑蛋。"

"啪"的一声，蓝非原合上面前的文件，站起来将它们一一放进身后的文件柜中，声音又恢复了之前的波澜不惊："我知道你们警局在想什么，我父亲并没有什么东西遗留在我这里，我不需要任何人的保护，你走吧。"

3

连小元当然没走，这么容易就放弃，绝对不是她的风格，"不撞南墙不回头"的警局"南墙妹"并非浪得虚名。

她在蓝非原办公室外扎了根，并且顺了他办公室的转椅，那椅子是高级货，腰枕可上下前后调控，贴合支撑腰部，靠背科学线条分压，坐上去特别舒服。她靠着转椅，跷着二郎腿，耳朵里塞着耳机，在门口当门神当得十分惬意。

秘书送文件进办公室给蓝非原签字，忍不住担忧地朝外面看，没关的百叶窗外，清晰地映着连小元跟着音乐晃动的窈窕身影。

"蓝总，真的没关系吗？"

蓝非原也抬头往外看，连小元低头看手机，利落的黑色短发落在脖颈上，衬得脖子更加细长，她的下巴也生得十分小巧，红唇从侧面看有点微嘟，鼻头小小圆圆的，除了瘦了太多，五官更立体了，其他的真的跟小时候没有多大区别。

性格也是，又倔又难缠，小时候他就镇不住她，现在依然镇不住。

想到这里，他忍不住叹了一口气，低头将文件都签了，然后递给秘书："把我下午的预约都取消吧。"

"可是，客户那边……"秘书表情十分震惊，要知道他们蓝总可是出了名的工作狂，主动取消预约这种会赔偿违约金的亏本事，他可从来没做过。

"违约金付给他们就是。"蓝非原背靠在椅背上，抬头看着天花板，他觉得很累。

秘书出去，带上了门。办公室空了下来，门口有那小东西守着，不知为什么他觉得很放松，终于控制不住汹涌的困意，闭上了眼睛。

昨天，他没有收到父亲的邮件，就已经知道事情不太妙了。他做了最坏的设想，做好了心理准备，但……果然还是无法那么坦然地接受。

父亲从小对他就十分严厉，鲜有温情，因为醉心罪案，而常年冷漠阴沉的脸上，也寻不到父爱的痕迹。他只能从父亲严厉的教诲中，从父亲亲手制定的训练课程中，从一个个父亲费尽心机出的谜题中，感受丝丝缕缕的父爱，他要的一直都不多，但是终究全部都失去了。

他人前是个冷静专业的律师，他不能流眼泪，于是他来到自己的梦里寻找安慰。梦里他看到十岁的自己抱着并排的两块墓碑在哭，一块是妈妈的墓碑，墓碑很旧了，周围长满了草，一块崭新的，是父亲的。

毕竟是自己的梦，别人都看不到，他放纵自己要多一些。

他不是孤单一个人，他的身旁有一个更小的女孩，她一只手抚摩着他的背，另一只手胡乱抹着他脸上的泪，一脸坚毅地安慰他："蓝小非别哭，赵越会抓到坏蛋的，赵越捉不到还有赵小元，还有赵小小元，让蓝小非哭的坏蛋通通都会被抓光的。"

十岁的他，被她逗笑了，拍开她的胖手说："这是男孩子的台词吧？"

"想要保护别人的心不分男孩女孩。"赵小元那个时候还是个小胖子，鼓鼓的脸庞，短短的腿，她能保护谁？可她偏要说，"蓝小非，我会保护你的。"

　　梦里十岁的男孩的眼泪止都止不住，死死抱住赵小胖子的肥胳膊，说："赵小胖子，我不用你保护，我希望你好好的。"

　　可是转眼，梦就变了，赵小胖子不见了，面前的墓碑变成了三块，不，四块。

　　他五岁那年就殉职的妈妈，当年的警花，站在墓碑旁，还是那么美。

　　五大三粗的赵警官，不修边幅，却总是对他做鬼脸，或者猛地将他举高，开怀笑道："小非，又长高了，赵叔叔都快举不动你了。"

　　两鬓都已经斑白的爸爸，面容冷峻，看着他不说话。

　　赵小胖子还那么小……

　　他跪在墓碑前，面对着这些人，哭得不能自已。

　　妈妈说："小非，你乖，别哭，警察是很危险的职业，但总要有人去做的。"

　　他突然之间怒了，从地上爬起来，一步一步后退，声嘶力竭地对妈妈喊："总要有人去做，那为什么非得是你们？为什么非得是我的家人？我到底做错了什么？你们为什么要这样对我？"

　　他只想做个普通的孩子，有一对普通的、能够陪他长大的父母，他只想平凡地活着，活得够久够富有，偶尔间在某个格子间遇见成了小白领的赵小胖子，与她叙叙旧、谈谈天，或者成为挚友，或者成为恋人，生两个孩子，一个随他姓，一个随她姓，一家人好好过完这一生。

　　然而，这也都成了他的妄想。

他喊得嗓子哑掉，再也哭不出声音来，喉咙一阵哽咽，他被自己梦里的眼泪呛醒了。

4

睁开眼睛。

天色已经暗了，百叶窗外，还守在那里一直没挪动过的连小元，垂着头打着瞌睡。他疲惫地抬起手腕看看手表，六点了，他竟然睡了两个多小时。

他双肘撑在桌子上，抹了一把脸，脸上冰凉、干燥，会哭的始终只是梦里的小男孩，现实里的他已经很久没流过眼泪了。

梦境太骇人，现实也并没好到哪里去，离开的人终究是回不来了，非要说有什么好的，大概也只有，赵小胖子并没变成一块墓碑，她还好好地在外面坐着这一件值得庆幸的事了。

既然有值得庆幸的事，就应该抓住对不对？总不能真等她变成了墓碑，再来后悔。

他将脸埋在掌心，深深吸了一口气，然后起身拿起外套，打开办公室的门，走了出去。

门外的人睡得很香，头一点一点的，耳机还在耳朵上，手机抓在手上，黑掉的屏幕滚动着正播放的歌曲的名字。

他走过去扯下她的耳机，像小时候一样提起她的耳朵，在她耳边吹了一口气。她从梦里惊醒，大叫着跳了起来，边跳边使劲挠着耳朵，那样子真像一只猴子。

她果然还像小时候一样怕痒，最受不了别人对着她耳朵吹气。

他看着她的猴样笑了起来："醒了没？小胖子。"

"谁谁……谁是小胖子？我标准的 A4 腰，哪儿胖了？"她听到别人叫她"胖子"果然炸毛了，童年阴影还真是根深蒂固。

直到嚷完，她才猛地想起，蓝非原叫的是她小时候的外号，整个人都怔住了，再看蓝非原，他眼眶虽然是红的，但是嘴角却有一抹笑。

怎么了？有什么值得笑的事情吗？她满腹狐疑。

蓝非原却不管她，伸手拍了拍她的头，套上了外套，叫上她，朝外走："走吧。"

"去哪儿？"连小元慌忙跟上。

"去给我妈妈扫墓，顺便看看父亲的墓地。"他说。

"墓地？"连小元脚步一顿。

蓝宁远的遗体不是还在美国吗？哪里来的墓地？

蓝非原走到电梯口，按了负一层，那里是地下车库。

"你父亲殉职那年，他就给自己买好了墓地。"他的声音冰凉，轻得像片雪花，"现在终于用上了。"

连小元垂头静默。

此时，任何语言都变得十分苍白，再多的鲜花也表达不了她对英雄的敬意。

【第三章】
上天派来的冤家

这个赵小胖子一定是上天派来折磨他的吧，
从小到大，他怎么就拿她一点办法都没有呢？

1

　蓝宁远给自己买的墓地在郊外，蓝非原的妈妈就葬在旁边，墓地环境非常好，远离城市喧嚣，墓地里种了一片花海，花海之外是宁静的湖，微风吹过，湖面上碧波粼粼，有种避世的岁月静好。

　现在天色已经晚了，又刚下过雨，花海和湖面都只剩下一个模糊的影子，但这依旧不妨碍连小元发出赞叹声："蓝叔叔眼光真好，这里简直就是'面朝大海，春暖花开'，太小清新了。"

　"哪里有海？"正在开车的蓝非原原本一直闷闷的，侧过头来看到她闪闪发亮的眼睛，也忍不住被感染，往外看过去，雨水冲刷过后，窗外花草干净清新，湖边柳树碧绿细嫩的枝叶随风摇曳，确实很美，心情虽然好不起来，但也不至于那么沉闷了，"这是湖。"

　"面朝大海，春暖花开。"连小元笑起来，两颗小虎牙在车内灯光下一闪一闪。

赵小胖子这两颗虎牙是出了名的，小的时候跟别人打架，人胖腿短没优势，全靠着一口好牙，打不过就咬，咬出来的牙印，两颗虎牙的印子异常清晰，且一定会见血。他也被咬过，真的很疼。

他看到她的两颗虎牙，下意识地低头看了看自己左手虎口处，牙印早就没有了，他却还是下意识地将手往旁边挪了挪。

到了门口，蓝非原将车停在路边，带着连小元徒步走进墓地。

蓝非原妈妈的墓在靠里面、地势稍高的位置，能看见湖，但是离湖却有些距离。

连小元拿着在门口买来的花，一把白色的雏菊，稚嫩清新。她没见过这个阿姨，但看过照片，照片上阿姨身上的裙子就绣着雏菊，她想阿姨一定是喜爱这种花的。

到了墓碑旁，蓝非原蹲下身，看着墓碑上的照片发呆，一句话都没说。

连小元将花放在墓碑前，抬手跟墓碑上微笑得十分端庄优雅的女子打招呼："阿姨，您好，我是赵越的女儿，我叫赵小元。不过，现在改成连小元了，我妈怕我爸抓过的犯人再寻仇，就给我改了姓，连家都搬了，户口也迁了。不过，我还是喜欢原来住的地方，不用爬楼梯，有小院子，一条街的人我都认识，哪像现在啊，一栋楼住了那么多年，楼上楼下见面话都不说……"

她絮絮叨叨说着闲话，蓝非原实在忍不住打断了她的话："赵小胖子，你能安静会儿吗？我妈不喜欢太聒噪的女孩子。"

连小元立刻捂住了嘴，一句话都不说了。

两个人在墓前待着，谁都不再说话，好在有微风吹过，吹过花丛柳树，枝叶碰撞在一起，发出沙沙声，让气氛不至于太过沉闷。

真是个好地方。

连小元眼睛闲不住地四处看，看到蓝非原妈妈的墓碑旁边有个空位，上面立着一块空碑，忍不住还是开口了："这就是蓝叔叔给自己买的墓地吗？"

蓝非原点了点头，朝空碑看了看，空碑附近已经长草了。

"警局暂时不公开我父亲的死讯，他也无法下葬，看来还要空一段时间。"

"哦。"连小元低下头，有点难过，不过很快她就想起了别的，"阿姨也是警察，殉职了不是应该葬在烈士陵园吗？"

"父亲说，他答应过妈妈，等他们都退休了，就在郊外湖边买个小房子，每天种种花养养鸡，再不管什么凶案了。"蓝非原的声音很轻，飘在风里，仿佛一吹就能散了，他说着看了看不远处的花丛，摇头笑了笑，笑得有些冷冽凄然，"可惜这里不让养鸡。"

生前实现不了，死后也要兑现，蓝叔叔是在弥补遗憾，连小元握起了拳头，小声说："我们要是偷着在这里养几只鸡，你说会不会被发现？"

蓝非原回头瞪她，那眼神很明显：你是白痴吗？

连小元挠了挠头，表情快快不乐："我就是随口这么一说。"

蓝非原不理她了，起身走去了湖边。

连小元也追了过去，跟他肩并肩站着。

天色很暗了，墓地的灯亮了起来，湖边也装了许多的夜灯，仿欧式的黑色铁艺夜灯，透着文艺的味道，在夜色中荧荧闪闪。

湖面上的波光已经看不清楚了，但是空气依旧清新，深吸一口气，感觉肺里的污浊都被排空了一样舒爽。

长眠在这里，应该也不是一件坏事吧。

连小元跟他一起站着，弯身捡起一块小石子，使劲往湖里丢，听到石子扑通落水的声音，又捡起了一块，边丢边说话："阿姨既然喜欢湖边，墓地怎么不选得再靠湖一点？"

"妈妈有风湿，父亲说，住得离湖太近空气潮湿，风湿容易发作。"蓝非原答得有点心不在焉，眼睛随着连小元扔出去的石子在移动。其实，他也想玩往湖里丢石子的游戏，但是当大人当久了，有点不知道怎么当回孩子，此时他真有些羡慕连小元的没心没肺。

连小元玩得有点累，气喘吁吁地拍了拍手："蓝叔叔真是绝世好男人，哪像我家赵越，他亲闺女的生日都能忘。哎？等一下，有个问题我一直想问的，你为什么叫蓝叔叔叫父亲，却叫阿姨叫妈妈，按照常理，父亲应该对应母亲，爸爸对应妈妈？"

蓝非原看着她，表情有点不耐烦，因为没戴眼镜，一双漂亮黑眸里的情绪无遮无掩，他好像不喜欢这个问题。

连小元撇了撇嘴："说说怎么了？真小气。这个问题我小时候就想问的，后来忘了。"

蓝非原转身走了。

她还不死心，在他的身后聒噪："你不说，我就自己猜了啊。嗯……妈妈比较亲昵，父亲比较严肃。是不是因为阿姨跟你比较亲，可以撒娇，而蓝叔叔为人比较严肃，很难让你产生撒娇的感觉，所以，你叫不出来爸爸？"

蓝非原脚步顿了一下，大脑"嗡"了一声。

他想起很多年前的一个下午，午睡的他从噩梦中惊醒，赤着脚去找蓝宁远，他心里十分不安、十分害怕，从卧室寻到客厅，一路上都在喃喃叫着爸爸。可是当他在书房找到蓝宁远时，蓝宁远正在研究那堆永远都研究不完的卷宗，那侧影挺拔、冷漠、疏远，让人不敢接近，他站在门口看着蓝宁远的脸，觉得蓝宁远离自己好遥远，他不敢上前抱蓝宁远，甚至不敢讨要一个拥抱，到嘴边的"爸爸"最终还是变成了"父亲"。

如果那个时候，自己能主动上前，抱蓝宁远一下，叫一声"爸爸"就好了。

眼角微微湿润，蓝非原抬起脚继续往前走："别胡说八道了，走吧。"

连小元从后面追过来，跟他并肩走："去哪儿？我要跟你形影不离，去你家还是我家？都行。"

蓝非原猛然想起了这件让他头疼的事，停住脚步认真地看着她说："你回你家，我回我家。我父亲真的没留什么东西在我这里，我也不需要保护。"

"可这是我的任务，你别害我被开除。"连小元倔强，一步不肯让。

蓝非原却笑了起来："开除了挺好，反正我从来不觉得当警察有什么好。"

连小元生气了，叉起腰，小倔驴脾气上来，谁也拦不住："好，那今天我也把话撂在这儿，从现在起，你去哪儿，我就去哪儿，本姑娘跟你杠上了，我这个保镖，你要也得要，不要也得要。"

　　蓝非原看着她，被她这副软硬不吃的模样磨得没办法，咬牙切齿道："我去上厕所！男厕所！"

　　连小元："……"

　　2

　　男厕所虽然不能跟进去，但是在门口"站岗"还是做得到的，而且当天晚上，连小元还一路跟着蓝非原回了家。

　　蓝非原打开门，本想回身将她关在外面，哪知道小倔驴赵小胖子身手敏捷，飞速伸脚撑住了门，然后硬是挤了进来。

　　蓝非原差点被她挤飞，扶了扶额，在她身后关上门，表情有点生无可恋。

　　连小元进了门，自来熟地去开鞋柜门，找了双拖鞋出来，给自己换上，然后就开始参观蓝非原的房子。

　　母亲早逝，父亲蓝宁远工作忙，性子又冷，跟亲戚们也没什么往来，蓝非原很小就开始独立生活，大学毕业第二年便贷款买了这套房子，开始独居，住了好几年了，房价翻了好几番，只是他房子里的生活气息，却并没有因为居住得久而变得更浓一些。

　　连小元四处走四处看，房子整体装修是现代简约风的，家具线条感强烈，有那么一股子文艺气息。书房跟外面不太搭，书房过于雅致，办公桌之外，还有一张楠木的琴桌，上面摆了一把古琴，古琴优雅，琴旁有模样古朴的香薰炉。坐在琴桌前，手拨弄着琴弦，一抬头就能看到正前方墙壁上挂的一幅毛笔字，写的是《诗经·国风》里的一篇，名为《野有蔓草》。

"野有蔓草，零露漙兮。有美一人，清扬婉兮。邂逅相遇，适我愿兮。野有蔓草，零露瀼瀼。有美一人，婉如清扬。邂逅相遇，与子偕臧。"

一首婉转缠绵的求爱诗，笔锋却十分锋利，透着一股子冷冽，反差感太强烈。连小元指着字哑哑嘴："这谁写的？求爱诗怎么也写得跟挑战书似的。"

蓝非原正为连小元的自来熟感觉到不爽，他一向地盘意识非常强烈，就这么被一个女生强行侵入，浑身上下都觉得不适，最重要的是，她怎么能这么自然地穿着他的拖鞋？龟毛如蓝大律师，穿别人拖鞋这种事情，他这辈子都干不出来。

浑身都不爽，口气自然也好不到哪里去，他连回答问题的时候，都盯着她的脚看："我父亲写的。"这小妮子身高至少有一米六八，怎么脚这么小？而且这小妮子小的时候那么胖，脚踝粗得跟藕节一样，什么时候变得这么细了？

女生啊，真是让人费解的生物。

蓝非原在研究连小元的脚踝，连小元却被这幅字萌住了。

"蓝叔叔写给阿姨的？"她捧心大叫，一副少女心泛滥的模样。没办法，蓝宁远在她的印象中，实在太冷太严肃，想想这样的一个人，皱着眉对着宣纸，无比认真写情诗的模样，反差感真的是太萌了。

"蓝叔叔其实是个撩妹高手。"她最后总结一句，然后不满地瞪了表情古怪的蓝非原一眼，"你学着点。"

蓝非原脸有菜色，他并不想评价父亲的撩妹手段好吗？

连小元参观完了书房又蹿去了厨房，看到空空如也的偌大厨房，不满地跳了起来："蓝小非，你每天都在外面吃吗？厨房干净得跟镜子似的,这是人住的地方吗?"

蓝非原走过来就将她从厨房里拽了出去,顺手关上厨房的拉门,脸色不悦:"我家从来不开火,不满意你可以走,没人请你住进来。"

连小元厚脸皮地龇牙一笑:"没有不满意,就是关心一下你的身体健康。"

蓝非原实在受不了地拉着她往外走。

"好了,你也看过了,我家很安全,这栋大楼安保系统也不错,可以放心了吗?放心了就快点走。"

连小元虽然从小力气就大,但是蓝非原毕竟是个大男人,身高优势在那里摆着呢,她力气再大也被他拖到了门口,可是赵小胖子从小就不是那么容易摆脱的,她抱着门框,死都不肯撒手。

蓝非原一不做二不休,抱着她的腰,将她整个人抱起来,往门外丢。

连小元手钩着门框,还是不撒手,蓝非原拿出撒手锏,叫了一声:"门框上有蜘蛛。"

连小元"啊"地大叫一声,松了手,蓝非原干净利落地将她丢到门外,并且迅速关了门。

直到门关上了,才意识到自己上当的连小元,气得捶着门大吼:"姓蓝的,利用别人的童年阴影,你简直太无耻了。我跟你说,我不会走的,你不开门,我今天就睡楼道。"说完,气呼呼地踢了踢门,然后在门口席地而坐,打开手机订外卖,充分做好了打持久战的准备。

关于连小元怕蜘蛛的童年阴影,也只有蓝非原知道,小的时候,有一年暑假,她在树下睡觉,一只小蜘蛛爬进了她的耳朵,异物在耳朵里蠕动的怪异感,让人毛骨悚然,她在树下急得抓耳挠腮,边哭边跳。

恰好那个时候蓝非原在她家借住，听到她的哭声跑出来，见她惊慌的模样吓了一跳，费了好大的力气才安抚住她，搞清楚是怎么回事。然后将她带回屋里，让她侧躺在他的腿上，在她耳朵里滴了一滴橄榄油。

不一会儿，蜘蛛自己爬出来了，赵小胖子一跃而起，歇斯底里地将那只可怜的蜘蛛踩成了肉泥。

蓝非原笑话她："不就是一只蜘蛛嘛，而且，这种蜘蛛也没毒，不伤人。"

赵小胖子声嘶力竭："不许再跟我提蜘蛛。"

蓝非原看她浑身发抖的模样，才意识到，这天不怕地不怕的小家伙是真的很害怕蜘蛛这种八条腿的生物，就再没提过。有时候家里爬进去蜘蛛，或者在外面看到蜘蛛，他还会悄悄帮她处理掉。

今天竟然为了摆脱她，拿她的"软肋"吓她……连小元在门口坐着，想想这事，依旧气得直捶墙。

3

外卖来得很快，连小元点的是比萨，店就在路口，不算远，网上订单网上付款，连钱包都不用掏，方便得很。

外卖小哥看起来王挺帅，估计常年在户外奔波，皮肤被晒成健康的小麦色，笑起来露出八颗牙齿，雪白雪白的，看起来像个阳光的大男孩。

小哥看连小元盘腿坐在楼道里签外卖单，一副无家可归的模样，忍不住好奇地八卦："忘拿钥匙了？要不要找个开锁匠，我有认识的，给你打八折。"

连小元认真思考了下找开锁匠开蓝非原家门的后果，这家伙那么龟毛，再加上又是个大律师，一定会告得她身败名裂的。

她赶忙摇摇头，对外卖小哥笑了笑："没事，大不了睡楼道。"

"睡楼道哪行？还是去住酒店吧？我们店对面那家酒店里，有我认识的人，给你打八折。"外卖小哥也不知道是见连小元样子不错，还孤身一人待在空旷的楼道里，存心想搭讪，还是真的热衷推销，竟然蹲下身来，认真跟连小元介绍起酒店的环境和优势。

"我跟你说，那酒店老好了，一晚三百八，我有熟人，打完折三百不到，还送早餐。这个季节是淡季，人不多，房间还能任选……"

连小元一边吃比萨，一边应付地"嗯嗯啊啊"两声，忙得很。

门外女生一副无知无畏的样子，门里的蓝非原却没这么淡定了，他贴门听了一会儿，怎么觉得这外卖小哥不安好心。当听到门外有拉扯的声音时，他忍不住打开了门，冲着外卖小哥嚷："她不住酒店，你赶紧走，否则我就报警了。"

外卖小哥正在拉连小元，连小元其实是不怕的，就眼前这小哥的身板，再来三个也不是她的对手，她只是手上拿着比萨呢，怕糟蹋粮食，想吃完了，再揍他，身后的门就开了。

她塞了一嘴的比萨回头看蓝非原黑着的脸，"嘿嘿"一笑，觉得自己"入住"有望。

那外卖小哥一看门开了，还是个气度不凡的男人，立刻就蔫了，放开连小元的胳膊，快快地道："家里有人啊，有人还坐门口。两口子吵架不让进门？男人不能这么小心眼儿，把媳妇关门外，这属于家暴你知道吗？"

蓝非原真的懒得跟这聒噪的外卖小哥说话，眼睛一横："你走不走？"

蓝非原继承了蓝宁远的一双眼睛，漂亮归漂亮，冷起脸来，气场却十分骇人。小哥摸摸鼻子，扭头走了，边走还边嘟囔："喊，城里人真够浪费的，这么漂亮的媳妇关门外。"

外卖小哥进电梯走了，楼道里的风飕飕的，蓝非原脸冷得能结出冰碴了，偏偏连小元还一副什么事都没有的脸，拿着一块比萨，冲他笑："吃不吃？味道还不错。"

蓝非原气得"砰"的一声，将门关上了。

这个赵小胖子一定是上天派来折磨他的吧，从小到大，他怎么就拿她一点办法都没有呢？

蓝非原心浮气躁，在玄关转了几圈，还是没法平静下来，满脑子都是赵小胖子小时候缠人的脸，以及现在瘦成一道闪电，也算娇美如花的脸，想着，她一个人待在空旷的楼道里，万一有危险怎么办？就算没危险，夜里那么凉，坐一夜不感冒才怪。

这要是换了别的女生，到了半夜整栋楼都静下来，声控灯再一熄，气氛阴森恐怖起来，基本就能吓跑了，可赵小胖子天生胆就肥，小时候就敢拖着街上的其他孩子去墓地里玩，他还真没把握能吓跑她。

想到这里，蓝非原觉得自己头都大了。

可是，不能妥协，按照以往经验，只要他一妥协，那么她这个跟屁虫就算是黏上他了，现在最主要的是让她知难而退。

蓝宁远并不是如蓝非原所说，没留任何东西在他这里，相反，蓝宁远将自己毕生的心血都留在了他这里。

每天晚上，蓝宁远都会给蓝非原发邮件，邮件的内容就是当天他对卷宗的批注、分析，发给蓝非原的目的，就是为了入库。

将这些内容存入他的备用资料库，也就是自己儿子的大脑里。

蓝非原很小的时候就表现出了惊人的记忆力，蓝宁远一直不动声色地给他做着记忆训练，他的记忆力早就达到了大师级的水平，只是没人知道。

将自己的每日的想法和那些珍贵资料全部留给儿子，是蓝宁远做父亲的方式。

而将父亲的心血一字不差，悉数存进他在大脑中为父亲建立起的资料库，也是蓝非原做儿子的方式。

父子俩远远隔重洋很多年，便是用这种方式，维系着父子感情。

父亲遇刺，蓝非原当然知道自己有危险，就是因为知道自己很危险，所以才更不能将赵小胖子拉进来，他生在这样一个家庭，对生死早已麻木，可他真的很希望赵小胖子能一直无知无畏、快快乐乐，像头小牛犊子一样，继续在这个世界上横行。

所以，他必须让她知难而退。

蓝非原下定决心，走进书房，坐在古琴旁，为了静心，弹了一首《醉渔唱晚》。

门外的连小元吃饱了，靠在门上听曲，除了有点冷之外，并不觉得难熬。要知道，她可不是新入行的菜鸟，几年刑警生涯，将她磨砺成了老鸟，为了蹲守嫌疑人，她在比这更糟糕的环境里都待过。有一次为了抓一个强奸犯，她甚至还光着腿在漆黑的巷子里晃悠了三天，那可是大冬天啊，西北风飕飕的，浑身冻得跟冰疙瘩一样。

那么艰苦，她也坚持下来了。更何况，她此时守着的，是她心里最想守着的人。

饭后犯困，耳边琴声又特别动人，连小元靠在门边的墙上昏昏欲睡。

这栋公寓楼，一梯两户，楼道整洁光鲜，灯是声控的，安静的时候会自己灭掉，不过好在她胆子够大，在黑暗中也不觉得有什么，而且楼道旁的窗户很大，外面路灯的光亮照进来，拉长了她的影子。

窗外夜色宁静，窗内她守着的人在弹琴。

她在昏暗中闭着眼睛，享受着眼下片刻的安逸，竟然有那么一丝的满足。

就在她快要睡着的时候，琴声停了，她猛地睁开眼睛，侧耳听了片刻，门突然打开了，蓝非原冷着脸丢出了一床被子。

连小元眯着眼睛笑，抱着被子往身上裹，靠在墙上冲蓝非原挥手："晚安。"然后蠕动了一下，竟然真打算这样睡了。

蓝非原再也淡定不下去了，咬咬牙，打开门出去，抱起连小元的被子，往里走，而且没关门。

连小元立刻明白了怎么回事，这是"恩准"她进门了，她赶紧从地上爬起来，迅速钻进门里。

关上门，蓝非原将她的被子抱进客房，连小元在他后面嚷："我不睡客房，睡沙发，我刚才看了一下，客房离你的房间比较远，有动静我恐怕没办法第一时间反应，睡沙发比较好，沙发离你的房间近。"

蓝非原随她便，他已经没有力气跟她折腾了。

见蓝非原不反驳，连小元"嘿嘿"一笑，顺杆儿爬："要不……干脆，我睡你房间得了？这样才叫贴身保护。"

冷不丁被调戏了一脸的蓝非原回头瞪她，冷着脸威胁道："再胡说八道，就出去睡楼道。"

"沙发挺好，沙发挺好。"连小元嬉皮笑脸，从客房抱了被子，裹好自己就往沙发上躺。澡不洗，牙也不刷，那副糙样，哪里还像个姑娘啊，简直就是流浪汉。

蓝非原实在受不了，他从小看到大的赵小胖子沦落成这样，去更衣室找了自己的一套睡衣塞进她怀里，然后拎着她进浴室。

连小元困得哈欠连天，抱着睡衣，被拖着走，边走边抱怨："蓝小非，你哪里都好，就是洁癖这点，真让人受不了。"

4

这一夜连小元睡得相当香甜。

长期跟着警队那群大老爷们蹲守犯人，让她锻炼出奇葩的睡品，不挑地方，玉米地里也能熟睡，又相当机敏，稍有风吹草动，就能立刻清醒过来。

这一夜相当平静，连小元一次都没醒，主卧很安静，蓝非原躺在床上，睁着眼睛，一直到天亮。

因为没睡，所以他清楚地听到，连小元起床去洗手间洗漱的声音，在六点五十分的时候。洗手间的水声停了，接着厨房的方向有了响动，叮叮当当的，似乎在做饭。

蓝非原躺在床上想了很久，也想不出来，他的厨房里貌似只有面包和鸡蛋，能做出什么来？好奇之下，他索性起身，去了厨房。

窗外天阴沉沉的，室内的光线有点昏暗，厨房里开了灯，米白的灯光在玻璃门上勾勒出连小元的影子，宽大的男式睡衣裹着高挑纤细的一个女孩子，短短的头发，耳朵露在外面，小巧圆润，下巴尖尖的，抬起手拿高处的东西时，袖子往肘处滑，露出一截细细的手臂。

蓝非原看着她，心情有点烦躁，小时候明明胖嘟嘟的一个姑娘，怎么就被这个社会摧残成排骨精了，该多加点营养才是。嗯，晚上下班顺带去趟超市，多买点吃的吧。

走进厨房，香气弥漫，他吸了吸鼻子，虽然不想承认这家伙在做的食物很香，但是下意识吞口水的动作出卖了他。

连小元听到动静，回头看他："去洗脸刷牙，一会儿就能吃了。"她额前的头发还是潮湿的，想来是洗脸的时候打湿的，脸上有点紧绷，想来是没抹护肤品。

他脸色有点臭，转身去自己房间，取了一瓶保湿喷雾，"砰"的一声放在料理台上，声音有点冷淡："给你，男女通用的。"

连小元拿着锅铲，看了喷雾一眼，怪声怪气地朝蓝非原挤眉弄眼："你还有这个。蓝小非，你活得真够细致的。"

拿护肤品给女孩子，本来就让蓝非原有那么一点尴尬，被连小元这么一闹，脸更是一黑，立刻拿了喷雾，转身就走。

连小元拿着锅铲就将他堵在了厨房门口，笑嘻嘻地将细白的脸颊往他面前凑："我手上脏不方便，送佛送到西，干脆你帮我喷喷吧，我也确实干得难受。"

还是跟小时候如出一辙的厚脸皮。

蓝非原原本不想理她，可是眼前的人，白皙的脸颊确实因为紧绷而泛着不正常的光泽，他看着实在不舒服，就板着脸，打开喷雾的盖子，上上下下给她喷了一通。

连小元闭着眼睛，在一片冰凉的水雾之中，发出一声享受的叹息："哎呀，好爽。"

虽然眼前的人从上到下，从里到外，都不符合他对另一半的甄选标准，但是好歹他也是大龄单身男性，生理方面正常得很，冷不丁被她那一声叹息撩得喉头一阵发紧，手一抖，喷雾差点掉在地上。

蓝非原连忙将喷雾收起，脸似乎红了，为了掩饰自己的异样就轻咳了两声："好了。"

始作俑者还浑然不觉，大量喷雾在脸上汇聚成水珠，正往下滴，水滴直往眼睛里钻，她闭着眼睛，不敢睁开，拿胳膊肘撞了撞他："给我拍拍呀，脸上滴着水，怎么做饭？"

蓝非原僵硬地抬手，胡乱地给她抹了一把脸，拿着喷雾就闪了。

女生皮肤柔软细腻，跟男生的完全不同，那种柔腻的感觉停留在他的手心，一直到他洗漱完毕出来吃饭的时候，也没散去。

所以当他坐在餐桌前，跟连小元面对面坐着吃盘子里那份鸡蛋吐司时，他的脸还是臭臭的。

"吐司中间挖个洞，放进加了少许油的平底锅里，然后往吐司的洞里打个鸡蛋，两面煎得金黄，撒点黑胡椒，很香很好吃，我在网上学的，卖相还不错吧？"连小元兴高采烈地介绍自己的作品，显然对自己今天的发挥相当满意，"鸡蛋和吐司煎得都不错，就是没找到黑胡椒。"

白色的餐盘里，金灿灿的鸡蛋和微焦的吐司确实让人食指大动，蓝非原头也不抬，朝厨房方向指了指："水槽上面的橱柜，第三格里面有个多格储物盒，从上往下，第五个就是黑胡椒。"

连小元"哦"了一声，欢快地奔去了厨房，片刻后果然拿来了想要的调料，愉快地给自己和他都撒了一点，然后又抬头："你家楼下的超市外不外送？"

"不知道。"蓝非原低头吃盘子里的早餐，头也不抬地答。

连小元撇撇嘴："超市的小广告就贴在楼梯口，你上楼的时候扫过一眼，肯定记得。"

蓝非原嚼着吐司，觉得味道还不错，难得耐心地回忆了一下："13××××××××××。"

"你这眼睛，哪是眼睛啊？简直就是一台移动摄像机。"连小元谄媚地朝他挤挤眼，坐在餐桌前，边吃边打电话去超市，让对方送点日用品，顺带送两罐牛奶和一些蔬菜上来。

牛奶来得很快，没用多久，餐桌上就多了两杯温热的牛奶，不知道为什么蓝非原总有种吃完这餐饭，就要被送去上幼儿园的错觉。

这种感觉实在让人不爽，他看了牛奶一眼，起身去厨房给自己泡了杯咖啡。

吃完喝完，蓝非原去换衣服，连小元冲去客房换下了睡衣，还是昨天那套，只不过，蓝非原早在她昨天洗澡的时候，就将衣服丢进了洗衣机。性能良好带烘干的洗衣机，运转了半个小时，衣服出来时就已经干净清爽，带着柔顺剂的香味了。

连小元换好衣服冲出来，亦步亦趋地跟在蓝非原身后，甚至主动伸手要帮他提公文袋。

多年夫妻，同进同出的即视感，让蓝非原终于忍无可忍地一把将公文袋从她手里抽了出来："你到底要跟我跟到什么时候？"

“领导说不用再跟的时候。”连小元一脸的坦然，随即又笑，“咱俩多和谐啊，我做饭你洗衣服。小时候放暑假，家里大人都上班不在家，咱俩在家里就是这么过的。”

想起小时候，蓝非原本来就够郁闷的心，更加忧郁了。

小时候他们两个确实经常一起过暑假，住在赵越家里，四四方方的小院子，院子中间有棵石榴树，实在无聊了，赵小胖子就拉着他陪她过家家。

他比她大四岁，一直以“我要照顾好这个小胖子”的心在跟她相处，在她提出要当老公，让他当老婆时，他也并不反抗，只是没想到，就因为这个，造成他幼小心灵中第一个不可磨灭的阴影。

他那个时候有一个心仪的女孩子，街角的陈宣禾，青葱一般柔嫩的女孩，跟粗壮的赵小胖子完全是两个等级。他有一次路过陈宣禾家，就在刚买的水果中，挑了两个最大最红的苹果送给她，可谁知被赵小胖子看见了，赵小胖子当即一副被雷劈过的表情，然后指着他大叫：“老婆，你怎么能背着我勾引别的人，你这样给我戴绿帽子，让我以后怎么出去见人？”

面对入戏颇深的赵小胖子，蓝非原俊脸一黑，再看陈宣禾早已笑得前仰后合。

这件事给他造成极大的心理阴影，看见陈宣禾冲他笑，就觉得浑身不舒服，还未成型的初恋，就这么被赵小胖子这个“乌龙”一爪子给拍碎了。

她还敢跟他提和谐？

蓝非原看着笑嘻嘻的连小元，新仇旧恨涌上心头，他恨不得当场掐死她，但赵小胖子现在很能打，硬碰硬他未必是她的对手，所以他决定换个路数。

"猪去上学，老师问它三角函数诱导公式是什么，它愉快地回答了问题，这可能吗？"蓝菲原停下脚步，问她。

"不可能。"连小元斩钉截铁，"猪那么笨，肯定说不知道。"

"那你知道三角函数诱导公式吗？"他挑眉。

连小元想了一下，十分诚实地摇了摇头："不知道。"

"哦。"蓝菲原露出一种迷之微笑，提着公文包就走了。

赵小胖子直到进了电梯才发觉不太对劲，刚才，他好像……似乎……绝对是在骂她吧？

录音

"游戏开始了。都是按照你的吩咐安排的……"

"我很满意。"

"也不看一下就说满意？"

"你一向是最棒的。"

"是吗？我还以为在你心里，她才是最棒的呢。"

"吃醋了？你知道的那都是为了我们的计划。"

"知道……但还是忍不住……"

"小东西……"

【第四章】
"资料库"的贴身保镖

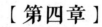

蓝叔叔的资料库就是你的大脑,刺杀蓝叔叔的
凶手很可能已经盯上你了。

1

来到事务所，蓝非原打开门走进办公室，眼睛习惯性地扫了一眼办公桌，又扫了一眼文件柜，脚步猛地停下了。

跟在他身后的连小元没注意，一下子撞到了他的背上。

"干吗呀？鼻子都被你撞歪了。"连小元揉着鼻子抱怨着，抬手拍了拍他的后背，拍着拍着表情就变了，"看你挺文弱的，没想到这么结实。"

蓝非原没理她，而是默默地从公文包里取出眼镜戴上，认真地扫了眼文件柜，然后转身关上了办公室的门。

他的样子有些严肃，连小元立刻警觉起来，压低声音问："怎么了？"

"有人来过我的办公室。"蓝非原皱起眉头，来到文件柜前，看着满柜子的文件和书籍，沉声说，"文件的顺序变了，书倒是没怎么动。"

说完，俯身去看办公桌的抽屉。

他的抽屉里一般也就是些待处理的文件，还有接下来要参考的卷宗，并没有什么机密，他从来不锁，打开来，里面的文件果然也都是被翻找过了。虽然很整齐，但是顺序不对，他记得自己放文件的顺序，记忆力好的优势就是，自己做过的事、看过的文件，绝对都不会忘，除非他刻意想忘。

"会不会是清洁工进来打扫卫生的时候动的？"连小元问。

"不会。清洁工不会在我不在的时候打扫卫生。"蓝非原抬头看了她一眼，然后去开电脑，登录需要填验证码，验证码的问题，让连小元脑子一抽。

四张建筑图一闪而过，问：第三张是哪个著名的建筑？

她揉了揉眼睛，蓝非原已经飞快输入了答案，进入第二道题：

满屏幕的扑克牌，足有二十张，不过几秒钟就消失了，然后回答相应的位置是哪张扑克牌。

蓝非原想都没想，十分顺畅地输入了答案。连小元只不过勉强记住前三张，她张着嘴，看着从容的蓝非原，有种智商被碾压的无力感。

回答完了这些问题，才进入桌面，蓝非原打开一个程序，开始查电脑最近的使用痕迹。

他表情严肃，戴着眼镜的面孔透着冷漠和儒雅，看起来有点不真实，她看着他的脸，大脑还停留在智商被碾压的耻辱中："呃……你电脑上的登录验证题目是固定的吗？"

每天都输入这些答案的话，这么顺手是很正常的。

"不固定。事实上出现过一遍的问题就不会再出现了，这样才保险。"蓝非原头也不抬地答。

连小元做出一个崩溃的表情，默默地在心里撞着墙，她和他的智商差距不会这么大吧？

2

没过多久，蓝非原抬起头，似乎松了一口："电脑没被动过，不管来我办公室的人要找什么，大概都没得逞，文件柜上并没有什么秘密。"

连小元对于这个答案一点都不意外，她表情古怪地"呵呵"一笑："想打开你的电脑，也不是一件容易的事吧。"

蓝非原不置可否，表情却轻松了不少："这位仁兄来过一次，什么都没找到，大概还会再来。"

连小元完全不懂他轻松个什么劲："有可能是刺杀蓝叔叔的凶手盯上你了，这个情况，我必须立刻向警局汇报。"

蓝非原摊摊手，表示随便她。

连小元去外面打电话去了，蓝非原独自一人盯着电脑屏幕，脸上的轻松感瞬间消失了，他慢慢皱起眉头，那微微的褶皱，就如他眼前的局面，纷杂难平，似乎永远也抚不平。

他并不害怕，尽管不承认，但轻轻颤抖的手指和眼中跳动的火花却暴露了他此时的内心，他有点兴奋。

他无论嘴上说，多讨厌警察，多讨厌罪案，但是当案件发生在他身上，刺杀他父亲的凶手有可能就在他周围，甚至能不动声色地进入他的办公室，很可能是他周围的任何一个人，清洁工、秘书、某个跟了他很多年的律师、某个朋友……平日里对他或毕恭毕敬，或玩笑嬉闹的人，都有可能是凶手。

身在谜题中，完全找不到出路，眼前是巨大的挑战……这让他十分兴奋。

他抑制不住自己内心的兴奋感，却又不能让连小元发现，为了让自己冷静下来，他起身从书柜上，拿起《刑法》开始背诵。

片刻之后，连小元回来了，表情凝重得让他为之一凛，忍不住放下了手中的书。

"有案子了。就在刚刚，一个叫幸福里的老社区的小巷子里发现弃尸，用木箱子装着，现在正是梅雨季节，老是下雨，空气潮湿，木箱子都长蘑菇了……"连小元说着吞了吞口水，"我们头儿要我把这个案子告诉你，说你能想起什么来。"

蓝非原目光如炬，摘了眼镜："梅雨季小巷碎尸连环杀人案，第一个受害者是在六年前被发现的，接下来的四年，每到梅雨季就会有一名受害者被弃尸小巷，一共五人受害，这是第六名受害者。"他说着拿手指点了点自己的太阳穴，嘴角勾起，似笑非笑，"都在父亲的资料库里，怎么能想不起来？"

他平日里总是清贵儒雅的形象，社会模范精英一般的一个年轻人，可是他刚刚一笑，却带着一丝邪气，让连小元的心莫名一动，也不知怎么了，目光完全没办法从他身上移开。

社会好青年的黑暗面，温柔贤妻面具下的獠牙……让人心惊，却又带着莫名的吸引力，连小元默默握了握拳头，控制不住地心跳加速。

3

队里有案子，但是连小元有任务在身，本来是不用去的，但是没过多久，唐御臣又打来了电话，让她无论如何要带蓝非原去一趟现场。他原话是这么说的："这个案件，当年是蓝教授经办的，蓝教授的资料库里有最全面的资料，队里很需要蓝非原的协助，你想想办法。"

"可是，他要是去了现场当顾问，那不就等于告诉全世界，他了解案件详情，他就是蓝叔叔的资料库吗？"她皱着眉问。

电话那头的声音变得凝重起来："有件事你可能还不知道，昨天下午，有人在网上发了一个匿名帖，公布了蓝宁远教授的死讯，这件事已经不是我们想瞒就能瞒得住。刚才你报告说蓝非原的办公室有侵入痕迹，这说明，那个人……或者那群人已经盯上了蓝非原，把他放在外面反而危险，放在我们身边，放在警局里，才是最安全的。"

"蓝叔叔的死讯没公开，怎么会有人知道的？除非……匿名帖就是凶手发的。"连小元从没像此刻一样，觉得凶手离她那么近。一瞬间，她全身的汗毛都竖了起来，血液从脚尖开始逆流，直冲上大脑。

"只能这样怀疑，小冬跟技术科的同事们已经开始追踪匿名帖了，暂时还没找到有用的线索。你的任务就是保护好蓝非原，想办法让他待在我们周围，协助调查是个很好的理由。"唐御臣说，"帖子的事先别告诉他，父亲遇害，自己被当作靶子的感觉应该不太好受。"

连小元点点头："头儿，我明白。"

唐御臣又说："蓝非原不是个能被控制的人，他对这个提议大概会很抗拒，你自己想办法处理，我……就不参与了，省得事情越弄越糟。"

挂了电话，连小元的心既沉重又忧郁。

她懂，唐队为什么会说他会把事情越弄越糟。

唐队曾是蓝非原的天字第一号情敌，唐队的未婚妻罗施，是蓝非原好友的妹妹，蓝非原对她一直呵护有加，当未来老婆一样疼的，结果半路杀出个唐御臣，老婆没了，多年心血付诸东流。

虽然后来蓝非原看开了，抱着祝福的心参加完了两个人的订婚仪式，但是看唐御臣的眼神总带着那么一点不明不白的杀气。每次唐御臣和罗施小两口闹别扭，他总会不动声色给唐御臣添点堵，不管是不是罗施的错。娘家人的护崽之心十分明显，也就是那之后，大家才慢慢看清，平日里儒雅斯文，看起来还有那么点不食人间烟火的满身贵气的蓝律师，根本不是什么善类。

所以，当连小元委婉地表达了唐队的意思，被他十分干脆地拒绝时，她一点都不意外。

"因为小施？"连小元几乎条件反射地问了这个问题。

罗施是小元好友，不止一次地在她面前倾诉夹在蓝非原和唐御臣之间的为难，她表面装作局外人，特别热心开解罗施，但其实心里，早已沸腾，"咕嘟咕嘟"冒着酸气。所以，但凡蓝非原的名字跟罗施连在一起，她就控制不住心上长刺。

"跟小施有什么关系？"蓝非原看着明显多毛了的连小元，觉得好笑，"她又不是你们队的。"

"有没有关系，你自己心里清楚。"连小元咬着牙嘀咕，"不就是我们头儿抢了你的小施，你到现在都不想看见他嘛！"

"小施的事情我已经放下了，你还这么在意，是不是证明，你对此还有什么想法？怎么？暗恋唐大队长？"蓝非原似笑非笑地看着她气鼓鼓的脸，突然就想逗逗她。

"少胡说八道了。"她到底在意什么，他真的不知道？连小元气急败坏，踢了他的椅子一脚，转身出去了。

4

在外面吹了一会儿风，连小元总算冷静了下来，后悔自己不该如此意气用事，原本是要劝他去案发现场的，结果自己控制不住岔开了话题，还被他三两句话轻易地拨乱了情绪，真的是太笨了。

她懊恼地抱着头，自责了一会儿，强迫自己走回办公室，开门见山，跟他摊牌。

"你现在算是正式承认，蓝叔叔的资料库就是你的大脑，而且刺杀蓝叔叔的凶手很可能已经盯上你了。是不是？"

蓝非原目光还在电脑屏幕上，漫不经心地点了点头："关于资料库的事，你们不早就有答案了吗？何必来问我？"

算是承认了。

连小元点了点头，对自己的智商和理智恢复了一些自信。

"我们再来分析分析，是什么人要刺杀蓝叔叔？为什么刺杀他之后，要毁掉他的所有资料？一定是因为，他就在那些资料中，就是某一个案件的凶犯。他忌惮蓝叔叔，害怕被蓝叔叔抓住，所以才会下这样的毒手。"她继续苦口婆心。

蓝非原点了点头："你说得没错。"

"所以，我们才应该同心协力，一起努力抓住这个案子的凶犯，万一他就是刺杀蓝叔叔的人呢？"连小元觉得自己马上就要说服他了。

可谁知道，蓝非原还是十分坚决地摇了摇头，抬头似笑非笑地看着她："是你，是你们警察要去抓那个凶犯，不是我。我不是警察，我没有那个义务。"

连小元有些怒了，愤怒地拍了拍桌子："可是被刺杀的是你父亲，你难道就不想报仇吗？"

"身为警察，竟然鼓动普通民众去报仇？你这样真的应该被开除。"蓝非原看着她，目光变得意味不明，可能他自己都没意识到自己说这话的时候，表情有多冷漠，"作为普通百姓、纳税公民，我相信警察能为我父亲讨回一个公道，而不是我自己去逞匹夫之勇，这有错吗？警官。"

这一句话，说得铿锵有力、条理分明，无论是三观还是立场绝对都是正确的。

连小元被他噎得一句话都说不出来，一股无名之火从心里蹿了出来，灼烧着她的大脑、她的五脏六腑。

她握着拳头，瞪着眼睛看他，看了许久，他依旧还是那副冷漠的神情，她终于败下阵来，转身摔上门走了。

巨大的摔门声，震碎了蓝非原脸上的冷漠伪装，他在连小元出门的那一刻，露出一个悲哀的表情，摘下眼镜丢到一边，用手捂住了脸，深深呼出一口气。

终于把赵小胖子这头小倔驴给气走了。

他略一松懈，将注意力转回到电脑上，手指翻飞，搜索着侵入的痕迹。

他刚才对连小元撒谎了。

那个进入他办公室的人，不但动了他的文件柜，而且还顺利进入了他的电脑。开机验证的题目并没有难住那个人，而且，那个人熟悉电脑程序，成功躲过了他电脑中的监控程序，没留下任何痕迹和证据，他之所以会发现，是因为他的鼠标位置比他昨天离开时，向左移动了一毫米。

会发现这点，不是因为他的观察力达到了放大镜的级别，而是他的鼠标垫，是特制的带有标尺的，是他父亲的一个学生的恶搞作品。他走的时候习惯性将鼠标放在离笔记本电脑五厘米的位置，移动一分一毫，都会被标尺记录下来。

那个人能够轻易解开验证题目，智商一定不低，而且行事小心缜密，是个十分难对付的人。

颤抖的手告诉他，那个人有多危险，所以他真的不想把赵小胖子扯进来。

而且，他真的不想去凶案现场，他害怕唤醒父亲留在他身体里的基因，他不想成为第二个蓝宁远。

"小非，妈妈走了，爸爸是个大男人，不会照顾人，以后你一个人要坚强。还有，答应妈妈，好好活着，像普通人那样好好活着，别靠近罪案。"

妈妈出任务前留给他的卡片上是这样写的，妈妈抱着必死的决心接受了那项任务，她知道自己的使命。

可是身为母亲，她了解自己的儿子，从小喜爱听罪案故事，喜欢警察的儿子，身上流着如她、如丈夫一般非同一般的血液，可是慈母之心，谁能懂呢？她不希望儿子成为什么大英雄，只想他能够平安喜乐地过完一生，即便平凡。

他打开钱包，那张卡片就夹在钱包的相片位上，自从他拥有第一个钱包开始，一直都在那里。

那张卡片时刻在提醒着他，应该走正确的路。

可是什么才是正确的路？遵从自己的心？还是应该遵从理智？

他此刻很迷茫。

·

5

可是身体里的血液在沸腾，蓝非原什么都干不了，眼前的文件、待处理的事宜、能带给他金钱和优越生活的东西，在他眼中是那么的枯燥和无聊，他握着拳头、痛苦难当时，连小元旋风一般冲进了他的办公室。

"差点又上你的当了。"连小元抱着胳膊，脸上还有怒气，短发被汗水濡湿，喘气也有点粗，似乎是跑着回来的。

"再气我，我也不能走，我的任务就是保护你。你在哪儿，我在哪儿。你不去案发现场，我也不能去。"她说得十分坚决。

蓝非原有那么一瞬间，真的被她打败了，崩溃地抱着头，趴在桌子上，哀号起来："那到底怎样，你才能不跟着我？"

"抓到那个王八蛋，你彻底没危险了，我立刻就走。"连小元话说得铿锵有力，巴掌大的脸，洁白而晶莹。

蓝非原在这一刻终于明白了，他甩不掉这头小偏驴的。

小偏驴不给他继续胡思乱想的时间，用了蛮力猛地将他从办公桌前拽了起来，他力气太大，办公桌都被撞歪了。

"你干什么？快放手。"蓝非原还是第一次被这样野蛮对待……唔，也不是第一次了，小时候跟赵小胖子一起过暑假时，他就是赵小胖子的人形沙包，小胖子犯起浑来，将他整个举起来的事都干过。

"我想通了，既然软的不行，我只能来硬的，今天扛也得把你扛过去。"连小元瞪着眼睛，毫无威胁地笑起来，"放心，不会把你摔着的，毕竟我是扛过两百斤犯人的人，蓝大律师目测不会超过一百四。"

童年阴影太强烈，好汉不吃眼前亏，他连忙举手投降："我去，我去，不用你动手。"

连小元放开架着他胳膊的手，满眼警惕地看着他，仿佛只要他有异动，就立刻上手抓人，看到他往门口看了一眼，立刻冲去了门口，用身体堵住了门。

蓝非原转过身去一边慢慢收拾着办公桌，一边想着对策，可是办公室就这么大的地方，门也就一扇，还被连小元死死堵着，有什么办法可想？

无奈之下，他只能死了这份要逃走的心，决定乖乖跟这小妮子去案发现场。一直绷着的心一旦妥协，他竟有种说不出的轻松感，这种轻松感十分陌生，连他自己都吓了一跳，难道……他一直都在等着连小元胡搅蛮缠，等着一个不得不妥协的借口吗？

他愣起神来，收拾桌子的动作停了一下，连小元以为他要变卦，急着过来拉他，哪知道衣服被桌角挂住，整个人飞扑了出去。蓝非原站在办公桌外缘收拾东西，闻声一转身，被连小元扑倒，死死压在了办公桌上，眼看就要像狗血电视剧里那样亲上了，他连忙将头一转，红唇压在他的脸上。

柔腻温热的触感，让他全身僵硬起来，一动不敢动，连小元也是没想到，自己会扑得这么准，片刻失神，竟然忘记了起身。

　　这姿势是办公室小言的标配，霸道总裁强撩小秘书，可眼下，自己一个大男人被强撩，面子上总有些挂不住，他怒不可遏地冷声对还不舍得起身的连小元道："你还不起来，等着过年呢？"

　　"哦哦……"连小元赶紧爬起来，手不经意碰到了他的胸前，薄薄衣料下貌似还挺有料的，忍不住揉了一把，嘿嘿直笑，"健身没偷懒，不错，不错。"

　　被强撩完，还被占便宜，蓝非原简直要崩溃了，起身冲着她吼："你再这样，小心我告你性骚扰。"

　　"刚才那只是意外，你要告我？"连小元愤愤不平，觉得既然都被告了，她不干点什么，岂不吃亏？于是一不做二不休，伸手又在他胸肌和屁股上抓了一把，"告吧，告吧，这下告了我也不吃亏了。"

　　蓝非原气得都生不起气了，咬牙切齿地瞪着恬不知耻的连小元，恨恨道："你现在是要继续占我便宜，还是出发去案发现场？"

　　连小元这才确定，他是真的要去案发现场，连忙换上一张笑脸，殷勤地替他整理凌乱的衣服："去案发现场，去案发现场。您这边请，小的我前面带路。"

【第五章】
谜案来袭

／

这到底有什么寓意，
还是凶手想要隐藏什么？

1

发现尸体的那个幸福里，是个城中村，近段时间在搞拆迁，住户搬走了一大半，大部分的房子都是空着的，十几户里有那么一两户有人住着，平日里，狗比人多。弃尸的小巷子靠村子后方，周围都没人居住，再加上这段时间总是在下雨，很少有人出门，因此尸体过了那么久才被发现。

连小元开车带着蓝非原到案发现场时，现场勘查已经结束了，装尸体的木箱被法证带走，尸体被法医带回法医部，黄色的警戒带内，只有刑警队的人和维持现场秩序的民警在。

都在同个警局，在场的民警小元基本都认识，打声招呼将蓝非原顺利带进警戒带。

蓝非原却在钻进警戒带的一刹那，脚步顿了一下，四处都是穿警服的警察、黄色的警戒带、警车、杂乱的小巷……

有一些被他深埋在大脑里的画面，被眼前过于相似的场景刺激，顷刻间汹涌而出。

穿着幼儿园制服的小男孩，背着书包，钻进刚到头顶的黄色警戒带，被一个又一个的警察拦住，他哭着推开他们……

"小非，别过去。"

"小非……买叔叔这里……"

"小非。"

"小非……"

那些人的面孔并不是特别清晰，画面也随着男孩的跑动而晃动，男孩推开一个又一个的人，拨开挡在前面的法医……

似乎要看到什么了，可画面却变得漆黑一片，他的头骤然疼了起来。

这是母亲殉职那天的记忆，那天是父亲接他放学，路上接到警局电话，来不及把他送回家，就驱车来了现场。他记得很多事，但就是想不起来母亲最后的样子，他记得自己是看到了的，抑或是梦吗？

他搞不清楚，只知道头很疼，忍不住两手抱住头，闷哼了一声。

大步往前走的连小元，听到他的动静，回头看到他痛苦的表情，显然被吓到了，折身回来，担忧地问："怎么了？"

"没事。"他咬着牙，抬起头，脸色煞白，额头上冒出细密的汗珠，他本就是俊美的长相，脸庞发白时，竟让人产生一种病美人的联想。不过，他很快就整理好了情绪，从上衣口袋里拿出眼镜戴上，又是一副生人勿进的冷漠样子了。

连小元还是不太放心，拍拍他的胳膊，安慰地笑："放心，没什么让你看了不舒服的东西，尸体已经被法医带走了。你是顾问嘛，就算是临时的，我们也会对你好点的。"

蓝非原没说话，径直往前走，唐御臣在那个方向站着，盯着放尸体的箱子的位置看。

箱子已经被抬走了，青石板上那里只剩下一个黑褐色的长方形，周围散落着碰掉的蘑菇，"蘑菇"这种说法，其实不严谨，确切地说是各种菇类，平菇、香菇、凤尾菇，还有一些叫不太出名字的野蘑菇，密集且多样，不太像自然生长的，像是凶手故意为之。

这到底有什么寓意，还是凶手想要隐藏什么？

唐御臣的视线留在黑褐色的痕迹上，然后随着这个痕迹往下面走。

幸福里原本是个小山坡，后来人群聚居过来，才形成村落，地势东高西低，从西面走过去，会有一种缓慢上坡的感觉。这几天在下雨，被害人的血顺着雨水往下面流，大概就是这个路线，唐御臣就是顺着血水有可能流过的路线在走。

蓝非原正往上走，跟唐御臣交错着走过去，唐御臣只顾着低头看水流的痕迹，没注意到他，而他却是真的没准备跟唐御臣打招呼。

连小元跟在蓝非原旁边，估摸着唐御臣也没看到她，就抬头跟他打着招呼："头儿，我把蓝大律师带来了。"

唐御臣闻言依旧拧眉低着头，十分投入，只抬手对她做了个手势。

OK，干活吧。

显然也没打算跟蓝非原寒暄。

男人啊……果然都是小心眼儿。

2

连小元咂着舌，跟在蓝非原身后继续往上走。

上前来迎接他们的是五哥。

五哥姓刘，家里排行老五，有个弟弟在扫黄组，是个大嗓门，每次来队里，都扯着嗓子喊"五哥，五哥"，时间久了，下至扫地的大婶，上至局长见了他都叫五哥。

五哥四十三岁，在队里是最年长的，据说刚入这行时，还跟蓝宁远合作过，只不过那个时候，他还是个菜鸟，只是跟在后面打杂的。尽管没真正跟他办过案子，只是旁听学习的状态，提起蓝宁远时，五哥依旧敬佩得不行，因此对蓝非原也颇有好感。

他上前握住蓝非原的手，样子看起来有几分激动："蓝律师，你能来帮忙真是大好了，对付这种类型的凶犯，我们真没什么把握。"

蓝非原似乎不太习惯五哥的热情，更不习惯一个比他年长的老刑警，对他这么客气。

被五哥握着的手有些僵硬，他忍不住抽回手来说："五哥，别客气，我只是个外行，只能提供些资料，破案还是要靠你们。"

连小元在一旁撇嘴："你外行？你除了没真的出入过现场，哪里外行了？小时候蓝叔叔给你讲的睡前故事都是食人魔。"

这倒是真的，蓝宁远照顾孩子，向来不走寻常路，很小的时候就给蓝非原讲案件故事，再大些甚至会给他看些现场的照片，因此在某些方面蓝非原被他锻炼得相当冷血，一般的现场都吓不到他。

不过这种经历简直就是黑历史，他上初中的时候，同桌偶尔看到他在看的书，一本法医病理学的书，里面好多关于人体解剖的画面，吓得病了三天。老师甚至打电话给蓝宁远，让蓝宁远带蓝非原去做一个心理评估，如果没有问题才肯让他继续上学。

从那之后，蓝非原再没跟同学朋友提过自己的事，到了高中，除了老师们，很少有人知道他的家庭背景。

蓝非原斜了无时无刻都忍不住爆他料的连小元一眼："不说话，没人把你当哑巴。"

"又不是什么见不得人的事，说说怎么了？小心眼儿。"连小元说着，从鼻孔发出一声"嗷"的声音，摇头晃脑去看现场了。

五哥笑呵呵地看着他们俩斗嘴，忍不住对蓝非原说："你们俩感情真好，听说是发小，啊，不对，应该叫青梅竹马……"

蓝非原被"青梅竹马"四个字，弄得心脏有些不适，不等五哥的话说完，就抓住五哥的手，郑重地提醒他："五哥，我们感情挺一般，以后青梅竹马什么的，千万别再提了。"

五哥虽然搞不清状况，但依旧笑呵呵的，点了点头："哦哦，不提，不提，男未婚女未嫁的，这么说太不严肃，容易让人误会，影响个人问题。不提，不提。"

虽然五哥这么保证着，但是看他和连小元的眼神依旧是满含着微妙的慈祥，看着让人心塞，蓝非原忍不住扶了扶额。

3

在五哥的叙述下，蓝非原大体了解了发现被害人的经过。

最近一段时间一直在下雨，这片住宅住的又大多数是老人，下雨天很少出门。今天一大早，145 号院的张大爷，牵着狗出来遛，那只大型的阿拉斯加犬，一出门就往这边蹿，张大爷拉不住它，就被它拽到这边。看到这个箱子，那只狗拼命抓箱子，张大爷好奇地打开箱子一看，吓得心脏病差点犯了，连喊带叫地跑到下面报刊亭打电话报警了。

"这个凶犯已够奇葩的，将人肢解了，像折衣服一样一层层摆在箱子里面。每一层之间都有隔板，四角放着樟脑丸、干燥剂。简直跟装衣服被子一样，我在旁边看着法医勘查尸体，都起了一身鸡皮疙瘩。"五哥说着还似乎心有余悸，下意识地搓了搓胳膊。

蓝非原看着箱子留下的印记，没有说话。

这个案子他有印象，清清楚楚，都在大脑里。

说着话，连小元已经折了回来，身边跟着小李，小李看见蓝非原有些喜不自胜。

"蓝律师，没想到你父亲会是蓝教授。我的天，我可崇拜蓝教授了，他在警队简直就是一个传说。当年他跟赵越队长搭档，那简直就是所向无敌。"说着，他把目光转向了小元，眼神有些纠结，"你说你怎么就能是赵队长的闺女呢？人家蓝律师秉承了蓝教授的衣钵，气质多出众，你看你，同是英二代，差距咋就这么大呢？"

"英二代？"连小元瞥了说相声似的小李一眼，"什么意思？"

"英雄的第二代啊，跟富二代、星二代一个意思。身边一下多了两个英二代，幸福来得太突然，我有点晕。"小李半真半假地说着，抓着连小元的手重重一握，"让我沾点英雄的气息。"

小李平日里就是这个性子，油嘴滑舌的，天生爱交际，有时候还喜欢偷个懒，但是有时候油嘴滑舌的"交际花"性格也是个长处，任何时候任何地点都能很快融入环境，跟周围的人打成一片，再加上一张小市民的大众脸，很难让人相信他是警察，特别适合潜伏、卧底。很多案子的关键线索，都是靠他的"油嘴滑舌"套来的。

大家也早习惯了他的性格，连小元平时更是爱跟他斗嘴打闹，平时勾肩搭背，蹲点的时候挤一个车里睡觉，也是常事，被他抓了下手，根本没在意。蓝非原却在这个时候，皱了皱眉头。

"谭警官来得早，能不能带我四处转转，我想看看这周围的环境？"他不动声色，推了推眼镜，不悦的眼神藏在眼镜后面，看起来似乎不太容易被人察觉。

谭是小李的姓氏。

小李被偶像的儿子点名，表示很开心，当下就甩开了连小元的手，做了个请的手势："这边走。我跟你说，蓝律师，你找我带路，就是找对人了。我来得最早，而且我方向感强，转个一圈，路都熟了。这点小元就不行，她有点路痴，稍微乱一点的巷子钻进去就出不来。"

蓝非原笑，不冷不热的口气："你对小元挺了解。"

"那是，我们俩一起进的队，算起来还是同辈呢。"小李的话匣子一打开就关不住了，"我跟你说啊，蓝律师，别看你跟她是发小，你未必有我知道她的事多，她什么糗事我不知道？就连当年跟大冬处对象那事……"说到这里，他连忙捂住了嘴，"哎呀，这事不能说，说了得挨揍。"

蓝非原却在这个时候，挑起了眉，意味不明地"哦？"了一声，然后回头看了正跟五哥说着什么的连小元一眼，目光里隐隐有些凉意，一闪而过。

4

弃尸的地点靠近村东头，房子与房子之间挨得很近，因此形成一条狭长的巷子。蓝非原跟着小李缓步朝上走，没走多远就出了村子，抬头是一座不算高的山，山上郁郁葱葱，半山腰有村子里开辟出来的耕地，现在大多荒废了，长满了厚厚的草，远远看过去，景致倒不错。

蓝非原抬头看着那山，又指了指村子两边："村子两边是什么？"

小李朝南面指了指："南边紧挨着村子的是个水塘，再往南是新城开发区的几个住宅小区，北边是公路，走不了多远就进城了，离城里挺近的，所以才有开发商想在这边建房子，地段还是很好的。"

蓝非原点了点头，抬脚朝前走。他西装革履，走得快点，有些出汗，就将西装外套脱了，拿在手上，又伸手将领带拉松了一些。

小李走在他旁边，看他脱衣服，挠头"嘿嘿"一笑："蓝律师，跟你走在一起，我真有点自惭形秽。"

蓝非原侧头看他，勾了勾唇："怎么讲？"

"你气质太好了，穿的用的又都特别讲究，看起来特别……高贵。不说别的，就单单这副眼镜，就抵我好几个月工资。"小李看着他鼻梁上的眼镜，咂了咂舌。小李家境还算不错，有些见识，一些国际奢侈品牌子也算认识，只是让他真的去买那些奢侈品，他还真舍不得。

蓝非原不动声色地笑了笑："高贵从来都不是体现在穿的用的上面。"

"不不，我也不是那个意思。"小李竟有些词穷，想了半天才说，"还是气质，你站在那里就跟别人不一样，跟我们头儿一样，用女孩的话来说就是'自带背景光'，跟你站一起，我们都显得特别灰暗。"

　　蓝非原只当他在说笑，摇头笑笑，继续朝前走，并在小李看不到的地方，不动声色地将眼镜摘了放进衬衣口袋，想了想又将牌子有些刺眼的领带夹摘了，塞进西装口袋里。

　　看完了水塘，又去村北面看了看，一圈转下来，还真挺累的。

　　回到弃尸地，跟连小元会合时，已经临近中午。连小元等得有点着急，急匆匆迎上来："转那么远，看到什么了？"

　　"看到了很多东西。"蓝非原看着小元，又朝旁边扫了一眼。

　　唐御臣已经从村西头回来了，正跟大冬说着什么，闻言也将目光转向了蓝非原。

　　"看到什么了？我怎么什么都没找到？下了几天的雨，除了装尸体的大木箱子，什么都没留下。"连小元嘀咕着。

　　"更惨的是这附近的人家大多都搬走了，除了发现尸体的大爷和他的狗，没有任何目击者。"在村子里走访了一圈的大冬也颇有些沮丧。

　　"唐队，应该考虑过模仿犯的可能性，现在看来，可能性不大。"蓝非原看向唐御臣，这是他们两个见面以来说的第一句话。

　　唐御臣点点头："我们要考虑到各种可能性。你能确定不是模仿犯？"

　　"要看了勘查组拍的现场照片，还有法医报告才能确定。不过，我想不会有另外的结果。"蓝非原将西装外套交到连小元手上，十分自然地扯着她的胳膊，跟她一起离开了。

　　回警局的路上，依旧是连小元开车，她对自己的驾驶技术还是很自信的，车开得十分平稳，蓝非原在副驾上拧着眉，闭着眼睛，不知道是在想什么，还是已经睡着了。

她在等红绿灯的空隙侧头看他，他的俊颜上还残留着少年时期的影子，眼睛下面那颗圆圆的小痣还在，不说话闭着眼睛时，那种莫名的妖异感也都在。只是不知道为什么，她却觉得他的心不在了，至少不再是少年时，那个心无旁骛、坚韧体贴的蓝非原了，可到底哪里变了呢？她又说不上来。

她快快着，抬头看红灯，五十秒的红灯有点漫长，她无所事事地用食指敲着方向盘。

就在这时，蓝非原突然睁开眼睛看她："这个季节，你家里会长蘑菇吗？"

连小元被他这么冷不丁的一问，搞得莫名其妙。

这时，绿灯已经亮了，她慌手慌脚地边发动车子，边回答："我家住十八楼，没那么潮，一般不长的。警局一楼洗手间里长过，旧拖把、墙根上，特别容易长。怎么了？"

蓝非原看着她，若有所思，却什么都没说，又闭上了眼睛。

因为唐御至事先打过电话，因此勘查组的同事们都很配合，蓝非原看着一张张照片，一言不发。

待拆半废弃的村落的一条巷子，混乱不堪，青石板的小路上长着青苔，墙角野草丛中长着不知名的小花和野蘑菇，那个朱红色的大木箱子就在墙角边上。

箱子盖上长满了菌类，密密麻麻，乍看上去有点瘆人。

几张现场图之后，勘查组打开箱子，照片便是打开箱子的第一所见。

一颗苍白的人头。

黑色短发，干净整齐，有被整理过的痕迹。经过几天的闷热和潮湿，看起来有些骇人。

人头下面垫着防潮纸，角落里有樟脑丸，跟他记忆中看过的照片一模一样。

接下来便又是周围的勘查图，被肢解的尸体连同箱子被法医一起带回了局里，因此没有照片。

5

蓝非原转身去了停尸房。

连小元慌忙跟了过去，在停尸房跟法医助理说明来意，名叫秦磊的小伙子将箱子内部的照片拿给蓝非原看。

第一层人头下面的防潮纸掀开是块隔板，隔板拿开，底下是躯干，同样是苍白的，没有衣服。再下面是四肢、手脚，同样没有衣服鞋子。

蓝非原看完将照片还给秦磊，抬眸问他："木箱上的菇类送去化验了吗？"

"估计还没吧，满满一大盆呢，光按品种分类就要分半天，物证科的同事有的忙了。"秦磊说着，指引他们，换上白色的无尘鞋和衣服，走进解剖间。

蓝非原朝他点点头，自己走向解剖台。

法医正在拼接尸体，肢解的尸体大半个身体已经被缝合，清灰死白的皮肤看起来不像个真人。

女法医戴着口罩、手套，全副武装，说话的声音有点哑："死者男性，四十岁左右，身高在一米七左右，中等身材，无捆绑痕迹，无防御伤，无过度杀戮迹象，死因是胸口中刀，心脏大动脉被刺穿，一刀毙命。

尸体被漂白粉擦洗过，又泡过福尔马林，因此要判断死亡时间，还得等我做个试验。"

蓝非原回忆着，大脑中的关于这个案件的资料：第一名死者，中刀最多，第二名递减，到这里的这名死者，终于是一刀毙命。凶手的手法越来越娴熟了。

他站在法医身后，沉声说："他的手法很娴熟，但是不专业。"

忙活着的女法医回头看了蓝非原一眼："你说谁？凶手？要说的是凶手，这个说法确实挺准确，你看这里……"

女法医指了指刚缝合的腿："刀口不太整齐，那是因为他切割的时候切到了盆骨，因此多下了两刀，再往下几厘米，就不会这样了。"

蓝非原点了点头，连小元在一旁却听出了一身的鸡皮疙瘩，下意识地抖了两下。

她胆子算大的，可是看眼前这两个人，兴致勃勃地对着尸体，谈论怎么才能将尸体切割得更好，这实在太诡异了，容不得她不发抖。

蓝非原侧头看她，用身子挡住了她的视线，指了指外面："去帮我买杯咖啡。"

"哦哦，好。"连小元像得到了赦令，忙不迭地跑出去了。

"真是个体贴的好男人，你在追小元？"女法医抬起头看着蓝非原，隔着口罩，约莫看着像是在笑。

蓝非原皱着眉："没有。"

"那你跟小元是什么关系？"她又问。

蓝非原和连小元的关系，是这几天才被郭局发现，郭局为了让连小元在蓝非原身边待得名正言顺，有心散播这段关系，但是又不能太刻意，加上时间短，现在还只散播到刑警队，等小李有了空，去接警处转一圈，大概整个警局就全都知道了。只不过目前还没传到法医这边来而已。

"发小吧，也没什么关系。"蓝非原表情冷淡，目光还落在尸体上。这个陌生的女法医的手法相当娴熟，缝合尸体的手艺也相当好，针脚密而整齐，是个极认真的人呢。

女法医的工作似乎告一段落了，她摘了手套和口罩，露出一张年轻而姣好的脸，冲蓝非原笑："我觉得我们挺谈得来的，你要是跟小元不是那种关系，不如我们发展发展那种关系怎么样？我条件还可以的。"

她说得认真而突然，蓝非原一愣，半天才反应过来，他这是被表白了？当着一具刚被缝合起来的尸体的面。

他愣了一下神，回过神来时，连小元已经推门进来了，手里提着袋子，里面有三瓶罐装咖啡。

她拿了一罐递给蓝非原，又拿了一罐放在身后桌子上，对女法医说："冯甜，你的。"

女法医"哦"了一声，目光还在蓝非原身上。

蓝非原捏着咖啡，耸了耸肩："我现在没这种打算。"

"哦。"女法医似乎挺失望，但仍然不死心，"那你有打算的时候，记得考虑考虑我啊。"

蓝非原笑了一下，拉着连小元就走了。

他步子有点大，似乎逃走一样。

连小元就算再迟钝，也看出异样了，出了停尸房的门，忍不住问：

"怎么了？冯甜让你考虑什么？"

蓝非原拉开咖啡罐的拉环，喝了一口，斜她一眼："她要跟我发展发展，那种关系。"

"哪种关系？"连小元反问。

"你说哪种关系？"蓝非原瞪她。

连小元这时才会意过来，忍不住哈哈笑着，拍了拍他的肩："蓝小非，你够牛的，停尸间里都能开出桃花来。不过，你真可以考虑考虑，冯甜人不错的，就是天天摸尸体，一般男的不敢跟她在一起，这才拖到了三十岁还单着身，要不然凭她的长相、学历，哪能跟我一起在剩女堆里混啊。"

对蓝非原表白了，还能不让连小元咬牙的女人，也就只有冯甜了，倒不是冯甜条件不好，相反，冯大美女条件相当好，只是不是蓝非原的菜，一丁点都不是，所以她非常放心。

别看蓝非原平时冷冷淡淡的，一副不食人间烟火的禁欲模样，其实他喜欢清新甜美的女孩子，比如罗施，比如小时候他暗恋过的女孩，一个个都清新得像根小白葱。冯甜这种成熟艳丽派的，完美闪避了他所有的喜好。

她哈哈笑着，乐得看蓝非原的窘态。

"别老剩女剩女的，发明剩女这词的人，才是居心叵测。"蓝非原皱起眉头，盯着她看了几秒钟，那表情似乎是不悦，然后丢下她，大踏步走了。

"哎，生什么气牙？人家说我剩女我都没生气，你生什么气？我说真的，考虑考虑冯甜，反正你现在也单身。"连小元在身后追他。

"单身碍着你的眼了？"蓝非原头也不回，语气很冲。

"没有没有，就是小施也快跟我们头儿结婚了，你也该放下了，心里要是有什么不痛快，可以来找我聊聊……"连小元追上他，在一旁嘟囔。

其实她一直担心这个问题，"我追了很多年的女孩要结婚了，新郎不是我"这个话题，真的挺虐的。

"赵小胖子！"蓝非原突然停住脚步，十分严肃地看着她，"我单身跟小施没关系。还有，我为什么什么事情都要跟你聊，你跟大冬交往过这种事不也没跟我透露过吗？"

说完，他将咖啡罐丢进垃圾桶里，"砰"的一声，也不等她，自己大踏步走了。

留下连小元在原地愣了许久，才会意过来，他不会是因为她隐瞒自己有过男朋友，生气了吧？

她记得小时候，有段时间赵越和妈妈都没空，蓝宁远就让蓝非原去接她放学。她那个时候对同桌的洁癖小男生有好感，放学偷偷跟同桌一起去夹娃娃，却对他撒谎说，自己要补习，让他晚去一个小时。

后来被他知道了，他也是气得好多天没跟她说话。

唉，爱生气这一点，他还真是一点都没变。

6

中饭时间，连小元带蓝非原在警局的食堂吃饭，他们小时候经常被赵越和蓝宁远带进警局食堂吃饭，因此对这种环境一点也不陌生。

连小元排队拿餐具，一回头看见蓝非原冷着一张脸跟在她身后，赶紧推了他一把，将他推离队伍："我排队打饭，你赶紧去找座位，待会儿出外勤的那群饿狼回来了，我们连坐的地方都没有，得站着吃呢。"

蓝非原被她的蛮力，推得一个踉跄，但又不好发作，咬咬牙，去找位置去了。

他找好了个靠窗的位置，隐蔽而且光线又好。蓝宁远带他进警局食堂吃饭的时候也喜欢坐这样的位置，赵越就不一样，赵越喜欢坐中间，越显眼的位置他越喜欢。

他坐下来，愣了一下神，就见连小元一手端了一个餐盘走过来，看他挑的位置，一挑眉，嚷起来："坐这儿干吗呀，犄角旮旯的，坐那儿。"说着指了指位于食堂中间挺显眼的一个位置。

蓝非原忍不住就笑了起来，他就算不想承认也得承认，他们的父辈在他们身上留下了很深的痕迹。

就像赵小胖子的英武果敢，就像他被罪案吸引，就算嘴上排斥，到了现场思虑就忍不住缜密起来。

连小元看他笑，觉得稀奇，端着餐盘走到他对面的位置上坐了下来，贱兮兮地凑过头来问："不生气啦？"

蓝非原立刻冷脸，拉过自己那份饭，低头吃了起来，再没给过她一个好脸色。

被晾在一旁的赵小胖子有点抑郁，嘟囔一声"小心眼儿"，兴致索然地戳了餐盘里的米饭两下。

面对这一张冷脸，饭也没那么好吃了，她吃了不到一半就准备放下筷子，冷不丁一块牛肉被夹进她的餐盘，她抬起头来，看见刚做完雷锋的某人正若无其事地吃着饭，心情立刻飞扬了起来，夹起牛肉放进嘴巴里，嚼得津津有味。

过去了那么多年，他们都长大了，可就在这一刻，她仿佛又回到了小时候。

那个方正的小院里，石榴树下的矮桌前，他们两个人面对面扒着饭，她抱怨着赵越抠门牛肉一次只买那么一点，她只分到三块，还没品出味就没了。

话音还没落，沉默着吃饭的少年，就将自己碗里的牛肉尽数夹进她的碗中，别扭地冷着脸说："我牙疼，嚼不动。"

她欢呼着，吃得吧唧吧唧响，赵越大嗓门骂她"好吃鬼"，顺便数落蓝非原："小非，你不能再这么惯着她了，你看她胖的。"

她在数落声中，风卷云残，将牛肉全部塞进嘴巴里，生怕被赵越抢回去。

红烧牛肉的滋味，串联着过去与现在，让她的世界瞬间美妙起来。

连小元的好心情一直持续到吃完饭，她一蹦一跳地带着蓝非原回办公室，唐御臣正带着大冬和五哥、小李从外面赶回来。

几个人大概还没吃饭，大冬手上拿着笔录本边走边翻看，嘴上还叼着块面包。

唐御臣到办公室里放下车钥匙，出来碰到蓝非原和连小元，就顺便跟蓝非原打了个招呼。

"我们警局食堂的伙食算不错的，但跟外面的好餐厅没得比，你多担待。"

蓝非元耸一耸肩："小时候经常吃，没觉得有什么问题。"

唐御臣笑一笑，叫上五哥和大冬、小李去吃饭，大冬一边啃着面包，一边含混不清地说："头儿，我不去了，有面包就行。我还得去查失踪人口，确认被害人身份……"

　　另一边，连小元却先一步走过来，抢了他手里的面包，拉起他往门外走："周隆冬，你的胃要是再穿孔就成筛子了，快去吃饭，不差这么一会儿，是吧？头儿。"

　　唐御臣笑着拉过大冬，拽着他一起往食堂方向走。

　　连小元将手上吃得只剩几口的面包丢进垃圾桶里，这才满意地拍了拍手上的面包碎屑，做完一切，一回头就见蓝非元似笑非笑地看着她。

　　她被他看得发毛，明明没什么的，心里竟然有些发虚，连忙解释："我跟大冬早没什么了。这叫同事爱，你别胡思乱想。"

　　"同事爱！既然同事爱，那你还怕我胡思乱想什么？"他拉过她办公桌前的凳子坐下，似笑非笑地扬唇看她。

　　他的眼睛近视，度数不高不低，工作的时候都会戴着眼镜，一则为了视线清晰；二则，戴眼镜让人有种权威感，平时则不会戴。不戴眼镜的时候，他的眼神看起来有那么一点蒙，乌黑的瞳孔，看人的时候让人觉得十分专注，又莫名有种缱绻感。

　　连小元明明知道，这完全是因为近视，根本没有什么"目光缱绻"，但心脏还是不受控制地莫名一紧，手心微微有些出汗。

　　她面对他还是头一次出现这种紧张感，嗓子眼里都发涩了，于是借口去洗手间，落荒而逃了。

　　蓝非原看着某人的背影，心里的气闷感噌噌往上冒。平日里也没见她多关心他，怎么就偏偏那么有同事爱？真是小没良心的，他气哼哼的，表面上却还不动声色，抬手拿起她桌子上喝了一半的水，"咕咚咕咚"喝了半瓶，然后将空瓶子扔进垃圾桶，正巧砸在那半块面包上。

—————————————————————— 录音 ——————————————————————

"亲眼看到尸体，感觉怎么样？"

"有点恶心……有点兴奋。"

"兴奋的感觉好吗？"

"还不错。"

"当然不错，因为这才是真实的你呀。"

"是啊，装太久好人了。"

"不知道她知道你的真面目之后，会是什么表情。"

"又来？"

"反正我就是这么小心眼儿，又爱吃醋的人。"

"今天到底怎么了？"

"……每次看到有人挑逗你，我就好恨，恨不得杀了她……干吗突然抱我？"

"你的占有欲真的好可爱。"

【第六章】
他的记忆城

想象力好的人，擅长联想，他可以在自己的大脑中建立一座属于自己的记忆体。有的人会组建一座记忆宫殿，有的人是图书馆，而他脑中为自己组建的，是一座城市。

1

十几分钟之后，无论是吃饭，还是去洗手间的人都回来了，所有人都在办公室，等着蓝非原给他们做简报，就像他父亲无数次做过的事情一样。

对此，蓝非原原本是抵触的，但是当他看到冯甜传过来的照片，看到被缝合完整的尸体，看到被害人清晰的面部照片时，心里骤然一紧。

那是一个十分朴实的中年男人的脸，饱经沧桑，因此显得有些老，头发有点长，很久没理过了，脸形瘦削，眼窝深陷，嘴唇处有裂口。

他只是一个普普通通的底层劳动者，从事体力劳动，生活得十分艰辛。他也许还有个老母亲，也许还有孩子，也许什么都没有，他只是孤单一人，在这个城市里，但是他也努力地生活着，应该有看到明天太阳的权利，而不是四分五裂地躺在冰冷的解剖台上。

蓝非原心中有团火在冲撞，他闭上了眼睛。

连小元说，他的大脑中有个资料库，其实这并不准确，学过记忆法的人都知道，想象力好的人记忆力会更好，那是因为想象力好的人，擅长联想，他可以在自己的大脑中建立一座属于自己的记忆体。有的人会组建一座记忆宫殿，有的人是图书馆，而他脑中为自己组建的，是一座城市。

那座城市很小，很安静，房子如赵小胖子家的房子一样，两层小楼，有方正的小院子，院子里种着石榴树。

院子里赵越就躺在石榴树下打盹，他每次经过，这个粗黑的汉子都会抬头跟他打招呼："哟，小非，又长高了。"

他往前走，穿过马路就是他家的旧宅，白色的独栋公寓，爸爸在书房里看书，妈妈在花园里浇着花。

赵小胖子在一旁蹦蹦跳跳："阿姨，这花叫什么？真好看！"

妈妈笑着，摸摸小胖子的脸："不如小元好看。"

他看着她们，没有打招呼，直接上了二楼，二楼有一间很大的书房，关于罪案的资料全在那里。

蓝宁远坐在书桌后面，看他进来，抬起头来，神情冷峻而严肃："有麻烦了吗？需要什么资料？"

"梅雨季小巷碎尸案，有新的受害人了。"

蓝宁远起身，从书架上拿出一沓资料给他。

他看着父亲。

父亲还是出国前的模样，西裤、衬衣、棉毛衫，五十多岁的人了，依旧挺拔，目光矍铄，似乎这一生都没有过迷茫。

面对父亲，他总是很沉默，接过资料，打开。

"这起碎尸案，无论作案手法、处理尸体的方式、抛尸地点的选择，都跟之前五起碎尸案相同，考虑为同一个嫌疑人犯下的连环杀人案。我父亲……蓝教授曾经为嫌疑人做过详细的侧写，只是没正式参与过调查，侧写依据为当时递交到他手上的调查资料。

"我们要找的嫌疑人是个男人，二十五岁到三十五岁，本地长大，聪明、谨慎、刻板，对秩序十分敏感，单身独居，平时看起来是个好好先生，有洁癖爱整洁，受不了脏乱，所以他的工作场所也是十分整洁的地方。他只在梅雨季杀人，是因为他在这个时节遭受过重创，家庭、婚姻？他用漂白粉浸泡被害人的身体，这是一种很严重的强迫症，他觉得被害人肮脏，他觉得自己有义务将他们清理干净。他有种使命感，觉得自己必须这么做，所以，他不会觉得愧疚，这么做反而会让他正气凛然。这种使命型的杀手，在被抓到之前是不会停手的。"

蓝非原说话的语速不快，不紧不慢，带着自信的从容，他从小就接触这些，他对各种杀手都不陌生："使命型的杀手一般分为两种：一、死亡天使。这类杀手杀人的原因是，他们认为他们的行为可以帮助受害人从痛苦中解脱。杀手从事的最常见的职业是医生和护士；二、社会清道夫。他们杀害他们认为有罪的人，他们为社会清理垃圾，并将自己的行为深度合法化。使命型杀手通常伴有强迫症倾向，会有固定的杀人模式，在他们眼里，他们的行为是神圣的。我们的嫌疑人属于两种的混合体，他认为受害人的肮脏是一种罪恶，自己的行为可以清除罪恶，又能让被害人从辛苦的生活中解脱出来。"

"我们要找的嫌疑人寻找受害人也有固定的模式，之前的几起案件中，他选中的受害人都属于社会底层人群：经常出入垃圾堆的拾荒者、无家可归暂居桥洞的流浪者、从事体力劳动者、卫生习惯糟糕者等。他用食物将他们诱拐回家。对，他有说服别人跟自己走的能力，说明他长相并不凶恶，很可能看起来还有些朴实善良。接着他一刀结束受害者的生命，没有犹豫，没有迟疑，然后清洗受害者的身体、放干血液，用漂白粉浸泡、切割，再一层一层将他们收纳进木箱里。这个过程会持续很长时间，他需要心无旁骛享受清洁、整理的快感，他一定有独立的场所，供他享受这一切。这个场所不能太小，而且要隔音。因为隔音，所以这个场所不一定远离人群，也许就在某个看似很普通的住宅小区。"

　　警局的资料库中，也有关于这个案件的资料，但是远没有蓝非原"资料库"中的详尽，所以在他说的过程中，所有人慢慢都放下了手中的资料，抬头看着他，随着他不紧不慢的语速，起了一身鸡皮疙瘩。

　　"他抛尸也有很强的规律性，他喜欢选择风水好的地方，抛尸的幸福里背山靠水。他又选了个地势稍高的地方，跟之前的几起案件相似，他希望给被害人一个好的去处，他做完这一切内心是十分满足的。"

　　他说到这里，告一段落，环视了一下办公室，看见大家都默默皱起了眉头，有些穿着制服的年轻面孔，脸色甚至有些发白。

　　这个屋子里有很多新鲜的面孔，有许多人刚刚穿上警服，第一次面对这种罪恶，并不是所有人都如唐御臣和五哥这种老刑警般处变不惊的。

　　连小元也并不是第一次面对重案犯，但是这种变态型的杀手还是头一回遇到，忍不住挠了挠头："想想我们身边住着这么一个变态，还真是挺瘆人的。"

好几个年轻人都跟着点了点头，唐御臣看她一眼："我们刑警都觉得瘆人，那些蒙在鼓里的普通市民要怎么办？"

"刑警首先是普通市民，其次才是刑警，感官麻木对破案并没有什么好处。"蓝非原站在小元身边，飞快地呛了回去，在小元反应过来之前。

办公室里所有的目光都集中到蓝非原和唐御臣身上，气氛尴尬了起来，连小元略头疼地抱了抱头。

她怎么就给忘了呢，蓝小非这个人吧，护崽心理特别强，她小他几岁，以前他们俩一起出门，她一直都处于他的保护之下，看不得她受委屈这一点，大概已经形成条件反射了，即便过了那么多年，他还保留着这个习惯。

可是小时候是小时候啊，他怎么能为了护她，当着这么多人的面呛她领导呢？

这该如何收场？真让人头疼。

2

还是小李眼明手快，看到这种情形，立刻举了举手，问："蓝律师，这个侧写还是挺模糊的，是不是我们目前的资料还不够？"

"犯罪心理侧写向来只是协助调查，跟现场调查紧密相连，而且不是一成不变，是随着证据增加而不断完善的。如果我们知道受害人的身份，模拟出受害人受害当天的行动轨迹，就能推断出嫌疑人的活动规律和区域，范围就能缩小很多。"蓝非原看着小李回答。

尴尬的气氛随之化解，连小元感激地看了小李一眼，小李痞痞地笑着对她比了个"咱俩谁跟谁"的手势。

唐御臣沉默一下，对大冬说："你带几个人，拿着受害者的照片去冯水堂问问，有没有人认识他。"

"冯水堂？"大冬不明所以。

冯水堂是个地名，城西北面的一个老社区，因为地势低洼，不利于居住，近几年已经越来越荒废了，一些老住户也渐渐搬走，留下大面积的空房，基本上都廉价租给外来务工人员和一些低收入社会底层人群。那里环境恶劣，治安糟糕，是警局最头疼的一个地段。

"我看了冯甜发来的照片，死者手掌的茧子很厚，属于高强度体力劳动者，小腿骨有旧伤，腿脚不便，能做的工作有限，收入不可能太高，再加上失踪多日无人报警，只能说明，他是外来务工人员，且独居。一个收入不高的外来务工人员，在这个城市里能住的地方只有冯水堂。"唐御臣面容冷峻。

大冬点了点头，抬腿刚要往外走，蓝非原加了一句："也顺便问问冯水堂附近居民，最近有没有看到什么生人。嫌疑人行为谨慎，不会莽撞地杀人，他一定在附近徘徊了许久才选定的受害人，选定受害人之后，他还会跟踪观察受害人几天，再找合适的机会下手。一个干净整洁和善的人在冯水堂那种地方，应该是很扎眼的。"

"哦，好。"大冬应着声，疾步出去了。

小李看着唐御臣又看了看蓝非原，发出一声赞叹："头儿和蓝律师在一起办案简直就是双剑合璧，强强联手，太厉害了。"

他话音刚落，立刻接收到唐御臣的一记眼刀。他吞了吞口水，往大冬消失的方向一指："呃……我去帮大冬，他一个人肯定忙不过来。"说着逃命一般奔走了。

连小元其实也觉得唐御臣和蓝非原搭配破案非常厉害，一个经验丰富，一个知识渊博，简直就是天生一对……咳咳，画风有点跑偏，她连忙晃了晃脑袋，将那些略腐的画面全部从脑袋里挥走。

再回神时，唐御臣已经站起来了，他要去郭局那里汇报工作，五哥去查装尸体的箱子的来源。

而分配给连小元的任务当然是，跟着蓝非原。

没办法，她现在是蓝非原的保镖，十分贴身的那种，除了他去洗手间不能跟之外，其他时候都得跟着。

大家各忙各的去了。办公室里很快清空，只剩下蓝非原和连小元面对面。

连小元挠了挠头看着聚精会神不知在想什么的蓝非原："你刚才太不给我们头儿面子了。他也没说什么啊。"

"那我说什么了？"蓝非原瞥了她一眼，伸手从她的办公桌上拿了地图，起身将地图展开，用磁铁固定在白板上，然后拿了支笔，在上面圈圈画画。

"怎么说也是我的顶头上司，你总要给他留点面子，还是说，你根本不是为了我呛的他？"连小元想到了另外的可能性，顿时生气起来，"现在是工作时间，你可不能公报私仇。"

蓝非原当然知道她指的什么，边专注手上的事，边勾了勾嘴角，冷笑起来："我报什么私仇了？"

"我们头儿抢了你的小旎。"尽管过了挺长时间了，连小元提起这事，还是醋意难平。

蓝非原停了手上的动作，回头看着她气鼓鼓的脸，竟笑起来："我怎么觉得你比我更在意这件事？你真的暗恋你们头儿？"

"谁暗恋我们头儿了？"连小元嚷起来，决定不跟他吵。这个人就是冷血的，明明失去小旎的人是他，他却似乎一点不在意，反倒她担心他失恋受创，担心得夜不能寐了好几个晚上。

"看样子，我们俩都失恋了。"蓝非原放下手中的笔，似笑非笑，搭住她的肩膀，"干脆抱团取暖吧。"

虽然她确实占过他不少便宜，但是他主动亲近，还真是少见，就算是个搭肩膀的动作也让她激动不已，说话有些语无伦次了。

"抱……抱……怎么抱？"

蓝非原伸长胳膊环住她……越过她拿起她身后椅子上的外套，看她紧张的脸，惬意地笑起来："你闭什么眼睛？"

连小元慌忙睁开眼，连眨了几下，睁眼说瞎话："我闭了吗？"

"闭了。我的眼睛是近视，不是瞎。"

连小元梗着脖子，咬牙耍赖："就……就算我闭眼了又怎么样？我累了，站着休息一会儿。我还要继续休息一会儿呢。"说着又闭上了眼睛，再一睁开，眼前的人已经到了门口。

她慌了神，着急地扯着嗓子在后面喊："蓝小非，你去哪儿？"

"出去走走。"蓝非原走到门口，满眼笑意回了回头，"你是要继续休息，还是跟着一起来？"

当然跟着一起来。她还有别的选择吗？

连小元闷闷地跟了过去。

3

蓝非原所谓的出去走走，是开车去了第一个抛尸地，警局的资料上有地点，但是几年过去了，这里拆迁开发重建，当年的老巷子全都不在了，警局的地图是新的，要不是蓝非原的"资料库"里存着详尽的老地图，还真找不到这里。

"S市风水好的地方不少，符合嫌疑人喜好的地方也很多，但是嫌疑人抛尸依旧喜欢去地势稍高的地方。这个人心思缜密、谨慎，一开始不会选择自己不熟悉的地方作案、抛尸，这样会让他没有安全感，所以，第一处抛尸地有可能离他的住所很近。后面几年，犯案越来越多，他的经验也越来越丰富，就会选择在家附近犯案，去远的地方抛尸。所以，抛尸地会以第一处为中心点，向南面发散，因为S市的地势是南高北低。可是这一次，他选的地点却脱离了这个规律区域，明明再往南还有理想的位置，他却去了东面，为什么？"

蓝非原带着连小元走进一栋崭新的商场内，商场刚落成，四处都是新装修的油漆味，租了店铺的品牌商户的工人们进进出出忙着搬运货物。他走得很快，连小元在他身后紧紧跟着，说话的时候，他往后看她一眼，一个不小心，差点撞到一个搬运家具的工人身上。

"小心。"连小元抓住他的胳膊，拽了他一把，躲过工人抱着的换鞋凳。

她因为跑得快全身都很热，手心里有微微的汗珠，抓着他微凉的手腕，觉得十分舒服，忍不住就着拽他手腕的动作，抬起他的手左右看了看，笑嘻嘻说："蓝小非你还跟小时候一样，冷血动物，都这个季节了，身上还是冰冰凉凉的。"

女生的手温热柔软却十分有力，他似乎被烫到了，十分用力地掰开她的手，脸色微微发红，轻咳了两声："刚才说到哪儿了？"

连小元对他的抗拒不以为意，撇撇嘴说："说到嫌疑人为什么脱离了他的规律区域？为什么？搬家啦？"

"使命型杀手不会随意离开自己的领地，除非有什么事迫使他不得不离开。工作调动，或者是房屋拆迁。"蓝非原转头，四处看了看，往左转，拐进走廊，推门进了女洗手间。

连小元跟在后面，看他进去的地方，吓了一跳，慌忙冲进去把他拽了出来。

"蓝小非，你进女洗手间干吗？要流氓呀你？"她低声嚷嚷着，往洗手间里看，幸好没人看见。

蓝非原一副受不了她的样子，四处看看："一个还没开放的商场最角落的女洗手间里有人的概率能有多大？"

连小元四处看了看，这里确实够寂静，外面装修的工人也都是男的，根本找不到一个女性的影子。

"好吧。"她耸了耸肩，死鸭子嘴硬，"这也不是你进女洗手间的理由。"

"如果我说，这个洗手间就是当初梅雨碎尸案第一个受害者被发现的地点呢？"蓝非原推开她，径直走了进去。

这里？抛尸地？

连小元看着洗手间的门，有点无法直视这里了。

洗手间里已经装修完毕，跟其他商场的洗手间并没有什么区别，大理石的洗手台，明亮的镜子，还有烘手机，唯一不同的是，这个洗手间隔间的门都是粉色的，看起来十分温馨。

蓝非原站在一个隔间门前，轻轻推开门，闭上眼睛，他能想象出当初尸体还在这里时的情景，资料库里有照片，十分清晰。

那时候这里还是条小巷，巷子两旁是灰褐色的砖墙，巷子里散落着破旧的家具，谁家不要的旧自行车堆在角落里，生着锈发着霉。

雨已经下了很多天了，还是没停，空气里四处都是潮湿腐败的味道，他想象着自己站在雨里，看着那个木箱子。

木箱子很大，棕红色的，四周雕刻着看不太懂的图腾，看起来古香古色，在没有异味传出来之前，周围照样人来人往，情侣嬉笑着钻进巷子里亲热，抄近路的上班族匆忙路过，饭店后厨打开后门，将垃圾丢在门口的垃圾桶里。

凶手也会回来，打着伞，跟平常人没有区别，路过木箱子，会对着箱子微微一笑："你解脱了。我将你清理得干干净净，真好。"

案发之后，黄色的隔离带外，挤满了围观的人群，凶手也在其中，他不害怕、不慌张，他心里是满足感。他很谨慎，不会被镜头拍到脸，但是他一定就在那里。

蓝宁远当初上网搜寻过这个案子，查到过几个视频，是围观的网友拍的，后来视频被网站删除了，幸好他有保存。这些视频警局的资料库里没有，只有蓝宁远那里有，现在就存在蓝非原的"资料库"中。

蓝非原仿佛进入了视频中，他站在木箱旁，在雨中回头，眼睛扫过每个围观的人，一张张或紧张或担忧的面孔中，有一个人在微笑，在哪儿？在哪儿？

他看了一圈，最终什么都没找到，他有点失望。

连小元见蓝非原站在隔间门口，一动不动，有些好奇地上前来拍了拍他的肩膀："蓝小非，你没事吧？"

"没事。"蓝非原回头看她一眼，脸色有些苍白。

从洗手间出来，蓝非原默默地走出商场，看起来有些累，他们在商场附近转了一圈。

商场附近有个村子，地势低洼，是个棚户区，后来拆迁改建了，地面也被填平了，建成了街心公园，景色宜人，跟以前的潮湿颓废比起来，简直就是另一个世界。

一般连环杀人案出现新的受害人重新开始调查时，警队会重新走访以往受害者的家属，可是这起案子里的受害人里，只有第一个受害人有个女儿，其他人都没有家属。案发时那个女孩才十二岁，案发后被福利院收养。

她家位于棚户区的老旧小平房，后来拆迁，政府补偿了一套小二居，也由福利院代为管理租赁，收入作为女孩的学费生活费使用。今年女孩十八岁，福利院会将房屋管理权交回女孩手中，女孩可以搬去住，也可以继续留在福利院。

蓝非原坐在街心公园的长凳上，看着第一个受害者曾经的家的位置，沉默半晌，突然说："我想跟那个女孩聊聊。"

4

连小元打电话向唐御臣报告了自己和蓝非原的位置，并说明了蓝非原想与第一个受害人的女儿见面的想法。唐御臣同意了，并让连小元打开电话的免提。

"死者的身份核实了，陈大力，安徽人，十年前来S市，跟着包工头做装修工人，三年前腿摔断了，得到一笔补偿款，就在冯水堂廉价买了房子。后来将家里的老母亲接了过来，做收废品的生意，老母亲生病多日，一直在医院睡着，记忆有点乱，也不记得儿子多久没去看她了，因此没人报警，医院的护士隐约记得最后一次看见陈大力大概是三天前。"唐御臣说这些是说给蓝非原听的，警局里关于这桩案件的资料有限，他需要蓝非原的资料库，"我正在试图重建陈大力受害当天的行为轨迹，也准备安排几组人重建其他几个受害人的行为轨迹，希望……"

他话没说完，蓝非原已经秒懂他的意思了，对着手机说："我会把我父亲资料库里的资料跟警局的卷宗资料做对比，尽量补齐其他受害人缺失的资料。"

唐御臣在电话那头笑了一下："谢谢。"

"不客气。"蓝非原说着正要按掉电话，又想起什么来，提醒道，"这类使命型的杀手会幻想自己的杀戮会带来好的结果，他要反复确认这一点，以成就自己的幻想，也就是说他有可能会去探望受害者家属。"

唐御臣说："我立刻派人去医院，并调取医院监控，看看最近几天有谁偷偷去看过陈大力的母亲。"

挂掉电话，蓝非原一抬头看到连小元正笑眯眯地看着他："其实你也没那么恨我们头儿，对不对？我们头儿人不错的，小施跟他在一起一定能幸福的。"

"又提这个，有完没完？"蓝非原挑挑眉，从鼻孔里发出冷哼，然后张开手掌，将她的脸从自己面前推开，面无表情地进了街边的咖啡馆。

　　这个街边咖啡馆的环境还不错，看得出是新开的，里面尽管装点满了花草，但还是能闻出淡淡的油漆味。蓝非原吸了吸鼻子，找了个花草环绕的座位坐下，连小元过了好一会儿才跟进来，还气喘吁吁的。

　　她将一沓纸递给蓝非原："警局的资料拍了照，发到我U盘里，我刚才去旁边的便利店打印出来了，都在这儿。"

　　蓝非原接过那沓还带着微微热度的资料，嘴角扬了扬，警局的资料他看过一遍，大概都记得，在脑内做出对比删减也不是不能做，只不过有实物更方便更省力。这小妮子现在还真是体贴。

　　他扬着唇，并没把夸奖说出来。

　　连小元笑嘻嘻地又给他递过去一支笔，然后"自卖自夸"起来："我这么体贴会来事儿的保镖去哪儿找？你得好好珍惜我。"

　　蓝非原被她那副自我膨胀的模样逗笑了，掏出钱包，递给她，说："为了好好珍惜你，请你喝咖啡吃甜点，自己去点吧，给我带一杯蓝山就行。"

　　连小元接过钱包美滋滋地闪了。

【第七章】

赵小胖子的嫉妒心

因为我们两个是你生命中最重要的女人呀。

1

　　蓝非原戴上眼镜埋头开始手头上的工作，不多会儿就听连小元在不远处的收银台冲他喊："你怎么没现金？"

　　"刷卡。"

　　"密码？"

　　"还是那一个。"

　　"哦。"

　　连小元应着声输入密码，输完那组数字，猛地愣了一下，时光仿佛一下子飞到小时候……

　　他得到人生中第一台电脑，赵小胖子觉得稀奇，跟前跟后地看他组装，那个时候电脑还没那么普及，在孩子中更是稀罕到不行的玩意，她见了什么都觉得稀奇，不停地问，这是什么那是什么。

蓝非原一边紧张地组装电脑，一边怕她弄坏东西，搞得满头大汗。

设定开机密码的时候，赵小胖子又开始聒噪了："不能用自己的生日当密码，太容易被人猜到了。爸爸妈妈的也不行啊，太好猜了。"

"那你说，用什么当密码好？"蓝非原有点不耐烦，说真的，他一点也不觉得开机密码有什么重要的，他的电脑里只是存一些作业而已，又没有什么重要的机密。

赵小胖子却不这么认为，她觉得蓝小非这么聪明的人用的这么高科技的机器，一定是非同一般的，一定要好好保护。

她一本正经地想了半天，说："用我和你妈的生日。"

"为什么？"蓝非原皱眉。

"因为我们两个是你生命中最重要的女人呀。"

这话，连小元此时想起来还觉得害臊，也不知道当时的赵小胖子哪来的自信说出那样的话的。

110883，1108是蓝非原妈妈的生日，11月8号；后面的83，是她的出生月份和日期，8月3号。

连小元捂了捂脸，表示无法直视这组数字。

她带着叫号器来到座位旁，看到蓝非原手上的那沓资料，已经弄好了几页，知道他快，没有想到这么快。连小元不禁咂了咂舌，将钱包还给他，试探地问："怎么不换个密码用？"

"用习惯了。"蓝非原声音淡淡的，听不出情绪来。

连小元也不知道，自己是不是在期待他说出"我生命中最重要的两个女人"这种话，只是有点不死心，又磕磕巴巴地问："你生命中……

咳咳咳，最重要的两个女人，现在应该是阿姨和小施才对，干吗不换成小施的生日？"

蓝非原抬起头，推了推眼镜看她："你是准备揪着小施的事不放了是不是？"

也没有啊，她干吗揪着小施不放？连小元目光游移，就算她不想承认，也要承认，她或许……就是……有点……嫉妒小施。

表情开始尴尬，她目光躲躲闪闪，幸好这个时候叫号器振动起来，她赶紧跳起来，逃也似的冲去了柜台。

端着小托盘重新回到座位，连小元已经整理好了情绪，将蓝山咖啡放到他面前，自己面前放着牛奶和草莓曲奇，边吃边四处闲看，决心将这一页自然地翻过去。可就在这时，蓝非原却放下了手中的资料，看着她说："密码不就是让人难猜到吗？你不跟我联系的这么多年里，谁知道我们曾经认得？"

没人知道他们的关系，所以更猜不到他会用她的生日做密码。

连小元"哦"了一声，低头喝牛奶："现在很多人都知道了，可以改掉了。"

"有时间再说吧。"他端起咖啡喝了一口，然后继续埋头工作。

连小元却再也静不下心来了，他刚才是在抱怨她不跟他联系吗？刚开始的时候，她确实不敢跟他联系，可是后来也试着联系过，往他的邮箱里发过邮件，至今石沉大海。赵越殉职的时候，他跟着蓝宁远来参加葬礼，也没主动过来跟她说话，更没留下别的联系方式，冷着脸来，冷着脸走了。

到底是谁不跟谁联系？

她嚼着她最喜欢的草莓味曲奇，味同嚼蜡。

时光啊，真是个文艺又残酷的词，他和她之间曾经是那么的无话不谈，渐渐也变成了现在的欲言又止。

不过吃几块曲奇的时间，蓝非原已经放下了笔，摘掉眼镜放进衣袋里，将自己做好批注的资料递给连小元："给你头儿发过去吧。"

连小元不敢怠慢，将没吃完的半块曲奇塞进嘴巴里，拍拍手，拍掉曲奇碎屑，掏出手机一张一张拍了照，传给了唐御臣。

拍照的时候，蓝非原对她说："跟你们头儿说，第一个受害人被害当天的行为轨迹由我来重建。"

连小元点了点头，含混不清地说："早说了，你刚才说过了想跟那个女孩谈谈嘛。"

蓝非原点了点头，见她拍完照，正拿着他批注过的资料在看，嘴巴里还塞着曲奇，鼓鼓的，像只松鼠，表情却十分认真，违和感太强烈，他忍不住就提醒她："你先吃，吃完了再去找丁香。"

连小元抬起头来，看着蓝非原皱起了眉头，表情古怪："你觉得嫌疑人有可能也去看望过第一个受害人的女儿？"

"不是看望。"蓝非原挑了挑眉，"他可能一直参与在她的生活中。"

2

唐御臣很快就让小李查到了第一个受害人，丁德海的女儿丁香的现居住址。福利院那边也只知道小姑娘刚参加完高考，不会再去原来的高中了，只能去她家找她。

只不过等蓝非原和连小元赶到那个地址，敲开门，却得到了一个令人意外的答案。

"丁香？你说上一个房主？她把房子卖给我了。"那个胖胖的大姐，满头大汗，说着往房间里一指，"我刚搬过来，喏，家具还没摆好呢。"

连小元伸头往里看了一眼，里面果然一片凌乱，大纸箱子摆了一地，家具上面还绑着家具城的打包泡沫塑料。

蓝非原也往里看了一眼，然后看着大姐："你知不知道丁香的联系方式？"

大姐擦着汗摇了摇头："不知道，那小姑娘怕我骗她，找了个中介，合同什么都是中介代签的，我就看房的时候见过小姑娘一面，挺小的一个孩子，听说是个孤儿，怪可怜的，不过就是有点傻，还偏。看完房我偷偷跟着她，在一个小饭馆又见了一面，就想跟她直接签合同，省点中介费，她非不干，吓得好像我是坏人似的，我能骗一个小姑娘吗？我省，她也省，这不是两全其美的事吗？非不干，白白让中介挣去好几万，傻孩子。"

买卖二手房，甩中介这种事儿多了去了，打起擦边球来，各有各的技巧，蓝非原也懒得吐槽，继续问："中介的联系方式麻烦给我一下。"

"你们也想买房吗？"那大姐摆出一张八卦脸，"跟你们说，那家中介一点也不好，我跟你另外介绍一家，对街的，人家那中介看着就高端大气，要号码吗？我去给你找。"

那家大姐极力介绍的高端大气的中介，连小元还真知道，她跟蓝非原走来的时候收到过那家的传单，介绍别人买卖房产，交易成功，介绍人有两千块的奖金拿。

连小元当然知道大姐打的是什么主意，也实在没时间在这里磨牙，就亮出了证件："警察，请您合作一下，把您买房那家中介的地址和联系方式给我。"

那大姐看到证件，立刻站直了身子，一脸惶恐："警察同志啊，有眼不识泰山，这就给您找，这就找。"

说着大姐就进去了，不多会儿，拿了个电话本出来，翻了翻，念出一个地址和号码，念完还问连小元："警察同志，要不要给你们张纸记下来。"

连小元冲她笑笑，摆摆手，指了指蓝非原："不用，他记性好。"

蓝非原挑眉看连小元一眼，对她这种无时无刻不把他当移动电脑、人型笔记本的行为，表示不满。

大姐笑眯眯地看着蓝非原："这个警察小伙真不错，长得好，记性还好，就是不知道有没有处对象？我家有个闺女，个高，长得也好看。"

在大姐要回屋拿照片之前，蓝非原忍无可忍，拉着连小元走了。

连小元笑了一路，边笑边被他拖着走，差点岔气了。

出了小区的大门，蓝非原回头瞪她："笑够没有？"

"还没，你等一会儿，马上就笑完了。"说着她十分夸张地大笑了几声，边笑边在他肩膀上拍了两下，"小时候就好多阿姨想把你拐回家当女婿，现在还是这样，你还真是个国民女婿。"

小妮子笑得前仰后合，白皙的脸上浮着一层淡粉，在阳光之下，竟然有些赏心悦目。蓝非原看着她，大脑有点发晕，忍不住伸手捏住了她的脸颊，强迫她停住笑，眼睛直视着她的眼睛，慢慢逼近，毫无威慑力地威胁道："再笑，就把你的嘴巴缝起来。"

小时候他也这么威胁过她，只是那个时候的赵小胖子脸皮太厚，完全不起作用。这一次也不知道是不是靠得太近了，小妮子竟然有些发愣，天生的鹿眼湿漉漉的，比做胖子的时候大上了一圈，不捣乱不作怪，发起愣时，有种娇憨的味道。他的心脏猛地收紧，毫无征兆地漏跳了两拍。

那种感觉犹如被春天的雨露淋了一身，犹如被盛夏的阳光晃到了眼睛，让人感觉到愉悦，这种愉悦从心灵深处一直蔓延到身体上，他捏着她的脸的手，骤然麻了一下。

他松开了手，低头盯着自己的手看了两秒钟，有些困惑，最终将触碰的酥麻感解释为静电。然后甩了甩手，转过身去，一声不吭朝前走。

他不喜欢自己的身体失控的感觉，很不喜欢。

他的行为实在有些怪异，连小元莫名其妙地跟在他后面，连连追问："生气了？真生气了？哎，你怎么比小时候还小气，不就笑几声嘛，下回不笑你了，还不行吗？就算你被神农架的女野人打晕了扛回山洞去生娃，我也不笑了。"

蓝非原不生气，只是觉得她的脑洞实在大得离谱，忍不住停下脚步问："我都被女野人抓走了，你首先想到的是笑还是不笑，而不是救我？"

"救你，肯定救你。"连小元拍着他的肩膀，一副"好哥们，看我多讲义气"的表情，"一定在你失去贞操前，把你救出来。"

蓝非原磨了磨牙，转身开门上车，再也不想跟这个没节操的赵小胖子说话了。

3

这一路是蓝非原开的车，连小元乐得清闲，给队里打了个电话，问问案子的进展。那边是五哥接的电话，估计刚从外面回来，气喘吁吁的："没什么大进展，老太太的病房是最便宜的五人病房，人来人往的，谁也不记得有没有陌生人来过，监控也没拍到什么有价值的线索。我刚去市里的家具厂家具店转了一圈，木箱子的式样没人见过。头儿带着小李又去冯水堂了，我回来歇口气，还得再跑几家家具厂。"

听五哥这么说，连小元心里有些闷，案子这是陷入僵局了。

不过也是，嫌疑人在雨里抛尸，选的又是偏僻的小巷子，可能留下的物证经过几天雨水的冲刷，早就冲得一干二净。小巷子偏僻也没目击证人，更不可能有监控，除了尸体，没有凶手存在过的证据，无声无息，就像一个飘荡在这个城市里的厉鬼。

她正在发闷，脑子里突然有个想法冒了出来："五哥，要不然，你去博物馆，找个考古方面的专家问问。"

"考古专家？"五哥喝了一口水，恍然大悟，"对呀，蓝律师说了，这个人非常注重风水，箱子上的纹饰十分复杂考究，不像是普通人家会用的，没准是有什么来头呢？哎呀，小元，还是你机灵，我这就去市博物馆。"

挂上电话，连小元有点小得意。蓝非原侧头看她一眼，嘴角扬了扬，夸奖道："想法不错。嫌疑人很迷信风水，确实有某种图腾崇拜的倾向。"

"好歹我也是多年老刑警了。"连小元挑了挑眉，一副"再夸夸我，别怕我骄傲"的表情，"要不是派来给你当保镖，我也是要在一线冲锋陷阵的。"

不知怎的，蓝非原的笑容立刻隐退了，闷头开着车，他其实并不怎么喜欢看她冲锋陷阵的模样。

找到大姐口中的那个中介的时候，天已经擦黑了。他们下车走进那栋大楼，找到大姐给的门牌号，里面却已是人去楼空，链条锁锁着玻璃门，里面文件散了一地，皮包公司骗钱走人之后的标准场景。

连小元上前踹了下玻璃门："什么情况啊这是？公司搬了？这么巧？大姐不会忽悠我们，给了个假地址吧？"

"不是假地址。"蓝非原弯腰在地上捡起一张名片，名片上印的头衔是"金华房地产有限公司总经理贾斌"，就是大姐口中的中介的名字。名片上有地址，就是面前这个人去楼空的二层店铺。

蓝非原试着拨通了名片上的电话，电话那头有个机械的声音提醒他："您拨打的号码是空号。"

"丁香被骗了。"蓝非原说着将名片递给连小元，"搬公司不会不在旧址留下公司新地址，也不可能把之前用过的号码都停了。"

连小元也立刻会意过来，接过名片，皱了皱眉，然后摸出手机："我问问接警处的同事有没有接到报警，丁香意识到自己被骗了，肯定会报警，报警就会留下联系方式。"

"有一点很奇怪。"蓝非原隔着半透明的玻璃门往里看，"买丁香房子的大姐似乎还不知道中介是骗子，丁香为什么没去找大姐对质？"

这个时候连小元已经挂掉电话了，古怪地抬头看蓝非原："这家确实是个假中介，局里接到房产诈骗案报警了，但是报案人里没有丁香。是不是小姑娘还没发现？"

"房款不是小数目，小姑娘第一次经历这么大笔额度的交易，一定会时时刻刻盯着卡，可能在等手机上的收款短信，或者一遍遍地跑银行查，怎么可能没发现？"蓝非原说着四处望了望，这个时候一个穿着比萨店外卖制服的小哥走了过来，蓝非原起先觉得小哥眼熟，等走得近了，小哥抬起头来，他立刻就想起来了。

这个外卖小哥，不就是昨天给连小元送外卖的那一个吗？

外卖小哥此时显然也想起了他们，冲着他们龇牙一笑，雪白的牙齿，晃人眼睛："呦，这不是大半夜，不让媳妇进门的城里人吗？怎么？和好了？"他说着，自来熟地朝小元身边凑，神秘兮兮的，"大半夜不让你进门，这属于虐待，你怎么能这么快就原谅他？该报警才是。报了警，哥给你当证人。"

连小元觉得这个热心的外卖小哥真有意思，如果不是现在手上有案子在忙，她还真准备跟他吹吹牛。

"我们不是夫妻俩，你别瞎说，你忙你的，我这儿也忙着呢。"她摆摆手。

"不是夫妻俩，那你半夜坐人家家门口？"外卖小哥的笑容贼了起来，"哦，知道了，你追人家？人家还没答应你呢？"

连小元翻了个白眼，表示服了小哥的想象力，就在这时，蓝非原皱了皱眉问小哥："你经常来这里送外卖？"

"经常啊。"小哥跟蓝非原说话，显然没有跟连小元说话热情，不知道是不是还记着昨天晚上，蓝非原威胁要报警抓他的仇。

"那你给这家房产中介送过外卖吗？"蓝非原又问。

"送过啊，这一片都是我的地盘，吃比萨都找我。"小哥说着，笑嘻嘻递给连小元一张名片，"下次订比萨，直接打我电话，我手上有优惠券，给你打八折。"

连小元接过名片，看了一眼，上面写着：棒棒比萨外卖部经理梅赋。

梅赋，没父，这名字……

给自己儿子起这么一个名字，他爹心是有多大？

"那有没有注意，这家公司是什么时候搬走的？"蓝非原又问。

"搬走有三天了，不象什么正经公司，半夜偷偷搬走的，还欠了我好几百块比萨钱呢。"梅赋说到这里咬牙切齿起来，"你们是不是也是来这里讨债的？是砸门还是敲玻璃，算我一个。我跟你们说，被骗的不光是我们三个，昨天我还看到一个女孩，哭着在这里捶了半天门，最后是哑着嗓子走的，特别可怜。"

蓝非原立刻警觉，皱眉问："女孩长什么样？"

"个子不高，扎个马尾辫，挺清纯……对了，对了，她眉心有个红点，看起来特别扎眼。"梅赋努力地回忆着，说完又开始惦记他的比萨钱了，"你们是不是来要债的？要债算我一个啊，我的比萨钱要不回来要从工资扣的。"

蓝非原没听到他说什么，一心只想着女孩的事，他记得案件资料中有丁香的照片，那个时候小姑娘才十二岁，六年过去了，容貌应该有很大变化，但是有些东西是不会那么轻易改变的，比如痣。

十二岁的丁香的照片，他记得眉心就有一个小红点，不算大，但是足以将小姑娘青纯的容貌装点出几分与年龄不符的妩媚。

"她穿的什么？"蓝非原问梅赋。

"裙子。"梅赋说着，然后想起什么似的拿出手机来，翻出一张照片，指给他们看，"她走的时候，我拍了一张她的背影，她的书包上有个徽章，徽章旁边有个蛋糕字样，看起来像个蛋糕店的店徽，只是徽章被头发盖住了大半，也看不出来是哪个店的。"

连小元凑过来看了眼手机，小姑娘个头不高，蓝色的裙子穿在身上显得身形十分窈窕，背后的书包是白色的，帆布做成的，看起来像是某个店发放的员工用品，包盖上确实有徽章，但是正如梅赋所说，露出来的只是个角落，连徽章的形状都判断不出来，根本没什么意义。

"你一个大小伙子，拍人家小姑娘背影干什么？赶紧删了。"最主要的是拍得还没任何意义，连小元瞪了他一眼。

梅赋撇撇嘴，刚刚想删照片，蓝非原就将他的手机一把夺了过去，然后飞快地将照片发到自己手机上。

"谁说只有一部分就找不出是哪个店？"说着，蓝非原拉着连小元就走了。

梅赋在他们身后嚷："找到他们记得通知我，听到没有……通知我，以后订比萨给你们打折……喂……"

蓝非原拉着连小元走得很快，完全没注意，身后牙齿雪白的帅气小哥，看着他们的背影，露出一个诡异的微笑。

4

回到车里，蓝非原上了副驾，让连小元开车，他则打开了手机浏览器，搜出了本市所有的蛋糕店，不搜不知道，一搜吓了连小元一跳，S市光这附近的区域，大大小小的蛋糕店，就有五十几家。

"这怎么找？"连小元握着方向盘，有点茫然。

蓝非原摸出眼镜戴上，飞速地浏览着那些店徽，连小元只看到一片蓝光在闪，闪得她头疼，集中精力都很难，更何况像蓝非原那样飞速浏览的同时，还要观察店徽细节跟梅赋拍下的图片做对比。

　　五分钟之后，连小元觉得自己的眼睛都快被闪瞎了，蓝非原终于抬起头，摘了眼镜往口袋里一塞，看着前方皱眉道："西梦蛋糕房，承德路三百七十号。"

　　连小元飞速地开了车。

　　承德路算S市的一个特殊地段，临近批发市场，做批发生意的很多，附近小区多是做网络生意的卖家，各种品牌的仓库清货、A货高仿混杂在这片区域，追求高品质又没什么消费能力的大学生、小白领都爱到这里来淘货，眼光毒辣的人时常也能淘到宝。

　　连小元上大学的时候，经常在这附近出没，因此路还算熟，七拐八拐就找到了西梦蛋糕房。

　　蛋糕房的玻璃门上贴着"店面转让"，打开玻璃门，里面面积不大，二十几平方米的店面，只外卖，不堂食。推开玻璃门，一个穿着蓝色连衣裙的小姑娘微笑着在玻璃橱柜后打着招呼："欢迎光临西梦，想吃点什么？"

　　小姑娘个头不高，长得十分清秀，眉心一点红痣十分扎眼。

　　"你是丁香吗？"连小元问着亮出了证件，"市刑警队的。"

　　丁香显然被吓到了，边点着头，边慌手慌脚掏证件，声音有点颤抖地说："我……我十八了，不是童工。"

　　这时候，里面操作间里一个穿着白色工作服的中年妇女走了出来，看着连小元和蓝非原，紧张地问："警察同志，我是这家店的店主，你们找丁香干什么？"

趁着连小元跟紧张的店主和丁香解释情况的时候，蓝非原四处打量了下周围的环境。

店不大，很整洁，蛋糕香气四溢，玻璃橱柜后面的墙壁上贴着高考倒计时的自制日历，日历已经撕完了，却还没摘下来，收银台上放着一本《简·爱》，是英文原著。

可以看得出，店主待丁香很不错，丁香将这里当作自己家了。

而且小姑娘高考已经结束了，蓝非原估计，小姑娘一定是报考了外地的大学，偶尔回 S 市也只会到这里来探望，老房子那里实在没什么好留恋的，所以毫不犹豫地卖掉了。

连小元一通解释，店主才放心让丁香跟他们单独说话，并将楼上自己的房间借给他们暂时谈话用。

这条街道上的店面都是商住两用，一楼是店面，二楼住人。

店主将楼上隔成了两间，一间是卧室，一间是客厅，客厅里布置精致，跟平常人家没什么区别，只是沙发是可以折叠的，随时能够变成床。也许是昨天有人留宿过，被子还在沙发上。丁香慌手慌脚地将折好的被子抱进卧室，放进柜子里，看样子对这里很熟悉。

她打开柜子的时候，碰倒了里面的一个盒子，盒子里的东西倾倒出来，发出"哗啦"一声响动。蓝非原正好站在卧室门口，朝里看了一眼，丁香正蹲下来将洒了一地的东西捡回盒子里。

都是些女孩子的玩具，很多都是坏的，昂贵的娃娃的头发被拔光，脸被涂黑，胳膊和腿都有残缺，还有一个首饰盒，里面是条手链，似乎镶了钻，很漂亮。丁香对它们视而不见，通通塞进盒子里，放回衣柜，用被子盖住。

做完这些，小姑娘才走出来，要去倒茶，路过蓝非原跟前，似乎是条件反射地缩了缩脖子，离他远远的。

蓝非原看着她熟门熟路地倒茶，接茶杯时，似乎是无意地问："刚才那个是小倩吗？"他指的是那个娃娃。

丁香低着头，很轻地点了点头，算是回答了。

倒是连小元来了兴趣："什么小倩？"

"《倩女幽魂》里的小倩，1998年本地一个玩具厂家开发出的具有中国特色的娃娃，有点模仿芭比娃娃的意思，只可惜销量一般般，只出了几款第二年就下市了。"蓝非原给连小元解释。

连小元"哦"了一声，随即就将注意力转到丁香身上，她从小就对娃娃不感兴趣，现在更加没兴趣跟他一个大男人讨论娃娃。

她拉着丁香坐在沙发上，笑着对她说："我只是想来问你几个问题，你别害怕。"

丁香抬起头来，黑亮的眼睛在连小元和蓝非原脸上巡视了一圈。当接触到蓝非原的目光时，小姑娘的目光明显退缩了，连忙低下头，他从她的眼神里，清清楚楚地读到了惊吓。

她害怕他？害怕他？还是害怕所有的男人？蓝非原皱了皱眉，刚进门的时候，他就发现这个小姑娘不敢跟他有目光接触，当时没在意，现在看来，这绝对不是偶然，心里隐约有些猜测，这些猜测让他很不舒服。

他不动声色地站到了连小元的身边，跟丁香保持一定距离。

"问我爸爸的事吧？那么多年了，我早忘了。"丁香说。感觉到蓝非原站到了连小元旁边，他们之间隔着个女生，她明显没那么紧张了，只是声音里透着一丝冷淡。

"也是要问你爸爸的事，只不过在此之前，想先问问你，关于你卖掉的那套房子……"连小元踌躇着，犹豫着措辞，"帮你卖房的那家中介……不太好，你大概被骗了……别害怕，局里已经立案调查了，你不是唯一的受害者。"

丁香抬头，看着连小元："我没被骗。"

"没被骗？"连小元有些讶异，抬头跟蓝非原对视一眼，蓝非原的眉头上也出现微微褶皱。

难道是骗子觉得丁香只是个小姑娘良心发现，骗了那么多人，就是没骗这小姑娘？

"就是打款打晚了。"丁香接着说，声音依旧是淡淡的，"本来合同上签好的打款日，我没收到钱，有点慌，就跑去中介看了一下，发现他们都搬走了，我也以为我被骗了。可是当天下午，钱就到账了，中介大哥还打电话给我道歉，说是公司搬家忙忘了。总之，我没被骗。你们要是来调查诈骗案的，就找错人了，那个大哥人挺好的。"

"当天下午是哪个下午？"蓝非原问。

丁香没抬头，看着地面："昨天。"

就是梅赋看到她的那天，可是她发现被骗，之后骗子就把钱还给她了，还特意打电话道歉，这也太匪夷所思了。

骗子绝对不会把到手的钱吐出来，除非被抓了，或者发现自己骗的人是个自己惹不起的人物，他们不想惹麻烦。

这帮骗子肯定还没被抓，而丁香一个福利院长大的孤女，也不是什么惹不起的人物，相反是骗子最爱的软弱可欺的那一类。难道，骗子害怕的人并不是丁香，而是丁香背后的什么人？

那个人会是碎尸案的嫌疑人吗？

蓝非原的胸口发胀，有什么东西堵在那里，他不觉得难受反而十分兴奋，迷茫了那么久，终于看到了一丝线索，当然兴奋。

意识到自己在场，丁香可能会不自在，连小元也根本问不出什么来，蓝非原借口买水喝，走下了楼。

店主站在楼梯口，不时往上张望，见他走下来，忍不住问："警察同志，你们查诈骗案干吗来找丁香？丁香又没被骗。"

蓝非原看着店主，这个四十岁左右的女人，将自己收拾得整洁利落，加上人又白净，看起来很有亲和力。

他看着店门外贴着的"店面转让"四个大字，不答反问："大姐，店面要转让了吗？"

店主搓了搓手："我不太会做生意，这店里的生意一直不死不活的，不如转让了，拿点钱干点别的。"

"不死不活？您家生意在网上口碑可是数一数二的，这样生意都不好？"蓝非原似是无意地挑了挑眉。

店主紧张起来，使劲地摆手："网上那些都是虚的，其实并没有那么好。"

蓝非原看着店主，几秒钟之后，才"哦"了一声，又问了别的："您很疼丁香吧？经营留她在这里过夜，允许她在这里看书做作业，还在店里贴高考倒计时的日历。不是每个店主都能对自家的打工妹这么宽容。"

　　店主愣了一下，随即点了点头："丁香挺可怜的，那么小的孩子就成了孤儿，福利院也吃不到什么好东西，孩子正在长身体，亏下来可不行，我也有过孩子，所以最见不得孩子受苦。"

　　"丁香进福利院的时候是十二岁，福利院里比她小的孩子可多的是。"蓝非原不动声色，"大姐您之前就认得丁香吗？"

　　店主明显一慌，两只手搓了搓，目光游移："也不算认得，就是以前见过。看她跟她爸爸一起出来拾荒，挺可怜的。"

　　"大姐，"蓝非原看着店主的眼睛，"这个世界上没有平白无故的关心，您应该明白的。"

　　"你……你在说什么，我怎么听不懂？"店主的样子有点惊慌，笑容变得僵硬，下意识地更加使劲地搓着手指上的面粉糊。

　　蓝非原看着店主搓在一起的手，微微笑了笑，不再说话。

　　过了一会儿，连小元走下楼来，丁香低着头跟在后面，眼圈红红的，似乎是哭过。

　　店主看到丁香下来，紧张地问丁香："丁香，怎么了？没事吧？"

　　丁香摇了摇头，店主这才放下心来。

　　连小元神色也郁郁的，走到蓝非原面前，说了声："走吧。"

　　然后，两个人一起离开蛋糕店。

　　离开蛋糕店，回到车里，连小元咬着牙一拍方向盘，恨恨地爆了句粗口："丁德海他就是个畜生。"

　　蓝非原倒是淡定，系上安全带，挑眉问："怎么个畜生法？"

　　"家暴。老婆打跑了，就打丁香，一天一小打，三天一大打，要不是社区妇联介入，丁香估计早就被活活打死了。畜生，畜生，这种畜生，死有余辜。"连小元越骂越激动，方向盘被拍得"啪啪"作响。

蓝非原静静坐着，望着不远处蛋糕房门口贴着的"店面转让"字样，默默地叹了一口气："相信我，这个案子里，丁德海并不算是最畜生的那一个。"

—————— 录音 ——————

"我今天出现在你面前，你是不是吓了一跳？"

"当然吓了一跳。以后别这么任性了，被人发现怎么办？"

"你装作不认识我，还忍不住跟我说话的样子，真的好好笑。"

"笑吧，能逗你笑一笑，也不算白担惊受怕一回。"

"我知道我今天有点任性。但是我就是忍不住啊，你认真的样子实在太帅了。"

"现在不帅吗？"

"帅。帅到我想拥有你。"

"你本来就拥有我啊。"

"是吗？"

"当然，只要你还爱我。"

"我们之间谈爱太肤浅。无论是情人之爱，手足之爱，都不足以形容你在我心里的地位。"

"那在你心里，我是什么？"

"信仰。你是我的信仰。"

【第八章】
神秘的脸谱男

你跟我分开，万一你遇到危险怎么办？

1

　　尽管丁香回忆起自己悲惨的童年，哭得十分惨烈，但小姑娘还是仔细回忆了一下，丁德海失踪那阵的所有事情。

　　那阵子是梅雨季，一直都在下雨，丁德海整天闷在家里，也没法出去拾荒，没收入就没钱买酒喝，整天都气闷得不行，找到机会就对丁香骂骂咧咧。但是他不太敢动手了，毕竟社区妇联已经多次来人警告过他了，再发现丁香身上有青紫，立刻拉他去坐牢，他现在只敢口头上威胁，外加举举拳头，不敢真的动手。

　　社区妇联发现丁香情况的那年，就联系了学校，减免丁香的学杂费。丁香能去上学了还是挺开心的，她学习很刻苦，周六周日也恨不得待在学校，有的时候帮校工打扫打扫卫生，帮老师出出题目、改改作业。那个时候学校里人人都喜欢丁香，时常送衣服和吃的给她，丁香也喜欢学校，反正能少回家就少回家。

那天，丁香记的是星期三，雨已经下了一个多星期了，还没有停的迹象，家里的屋顶在漏水，大门的木框上长了好多蘑菇。

丁德海手上没钱，酒瘾犯了，又不能出门赚钱，浑身难受，一早起来，就骂了丁香一顿，骂她是赔钱货，不能给他挣钱，读书有什么用，女孩子读再多书也还不是给男人生娃干家务。丁香对这些咒骂早已习惯，充耳不闻，收拾起用塑料袋套着的书本就去学校了。

临走时，她还拔了拔门口的蘑菇，怕蘑菇长太多，大门就彻底腐朽了。

拔蘑菇的时候，她听到丁德海在打电话，不知道对方说什么，丁德海很高兴，连声说是，然后就跑了。丁香实在不想理他，也没回头看他去哪里，只隐约记得丁德海靴子踩进水里的声音，是往西面去的。

"丁香老宅的那片棚户区早就拆迁了，这一片当初连地图都没有，谁知道西边是哪边？"连小元将车开到棚户区的旧址，这里已经建成小区了，这个小区定位中低档，虽然档次不高，但是绿化做得还不错，树木高低错落，一眼望过去，郁郁葱葱的。

"父亲当年特意找人要了这里的卫星地图，非常详细，我看过，记得很清楚。"

难得晴朗了一天的天空，又阴沉了起来，闷雷隐隐地从远处传来，似乎又要下雨了，蓝非原走下车，站在路边，看着眼前的郁郁葱葱慢慢地闭上眼睛。

画面在脑海中变化，郁郁葱葱被凌乱破败的自建违章建筑代替，以他身边为起点，蔓延开来。

他想象着自己站在丁德海家门前，天上下着雨，丁香背着斜挎包，包上套着塑料袋，一只手举着有点破的伞，一只手拔了拔门上的野菇。丁德海在她身后接电话，接完电话，在她身后出门，往西面跑，丁香往学校的方向。

西面，西面是……不对，这个方向不对，丁香在撒谎。

蓝非原猛地睁开眼睛。

连小元站在他旁边，一只手为他举着伞，另一只手紧张兮兮地护着他，见他睁开眼睛，明显松了一口气："你刚才那个样子看起来真像个神经病，闭着眼睛走来走去，我真怕你掉喷泉池子里。"

蓝非原往旁边看了一眼，果然自己身旁就是喷泉，喷泉没开，池子里的排水系统开着呢，里面没水，但是冷不丁掉进去还是有可能扭伤脚什么的。

蓝非原看了紧张兮兮的连小元一眼，接过伞，将伞往她头顶送了送，小妮子光顾着给他打，护着他，头顶的短发都被细雨打湿了。

他们两个上了车，蓝非原收好伞，对连小元说："丁香在说谎，她说她那天去学校，从她家去学校，就要往西走，丁德海也往西，两个人一路走，她不可能没看到他去哪儿。"

"有没有可能，丁香是走别的路绕路去的学校？"连小元问。

"从她家去学校，只有西面一条路，她家门前是一条贯穿路，东西走向，南北方向都被别的棚户堵死了，根本走不了。她要是向东走，只会离学校越来越远。"

"这家人秘密还挺多。"连小元咂着舌，不过似乎还是愿意相信丁香，"有可能是丁香当时年纪小，记忆有点模糊呢？哎，我们干吗那么在意丁香当时去哪儿了？知道丁德海去哪儿不就完了，就算小姑娘当时贪玩先去了别的地方，也无可厚非。"

"对于连环杀手来说，第一个受害人是意义非凡的。"蓝非原看着前方，车的雨刷左右摇摆，刮出扇形的镜面，镜面上又沾上雨滴，再被雨刷刮走，如此反复，"他的心里有一颗杀戮的种子，这颗种子一直埋藏着，虽然一直在孕育着，但是并没有发芽，让它发芽的那一个点，引发他杀意的那件事，对他尤其重要，那可能是他昨日的重现。无论是丁德海还是丁香，杀手都在看着他们呢，我们必须知道，杀手看到了什么，才能彻底了解这个人，最终抓住他。"

"好吧。"连小元闷闷地叹了口气，"再去找丁香吗？"

"不。"蓝非原摇摇头，"小姑娘不会对我们说实话的，至少在蛋糕店里不会说，再找别的机会。不过，以小姑娘对丁德海的厌恶程度，倒不至于隐瞒关于他的事，她要隐瞒的，无非就是自己当天去了哪里。不去也罢，我们自己去看看。对了，找你们头儿，让他派人查查西梦蛋糕店的那个店主大姐。"

"没问题，都听你的。"连小元嬉笑着拨着电话，边拨边说，"又当小秘书，又当司机的，我这么全能的保镖哪儿找去，以后千万别再说，让我走这样的话了，你会吃亏的。啊，喂，头儿，有件事跟你汇报一下……"

跟唐御臣说完这边的状况，唐御臣派人去查蛋糕店店主大姐，应该很快就有结果。连小元看着蓝非原也不知道突然想起了什么，笑得十分贼："等查清这个案子，约小施和我们头儿一起出来吃顿饭怎么样？你跟头儿这么别扭着，小施给我打电话老是长吁短叹，我都心疼我们家小施了。既然你跟我们头儿其实都和好了，不如就一起吃顿饭，让小施别再为这件事烦心了。"

蓝非原听到"你跟我们头儿都和好了"这句话，瞬间炸毛了："我跟他什么时候好过？能不能换个不那么暧昧的词？"

"换个不那么暧昧的词，就同意去吃饭吗？大不了到时候我陪你。"连小元知道有戏，立刻顺竿儿往上爬。

"我可没这么说。"蓝非原将头转向一边，实在不想面对连小元那张势在必得的小人嘴脸。

"那我就不客气了，脑洞一开，我可关不住。"连小元嘿嘿一笑，"我觉得吧，你跟我们头儿在一块儿查案，真的挺和谐的，虽然老是给对方冷脸，老是拌嘴，但有个词叫'相爱相杀'，你们……"

蓝非原本就是那种想象力丰富的人，习惯于将文字和语言这种不便记忆的符号，转化为图片形式，储存进自己的记忆城，连小元的脑洞在他这里很容易转化成图像，那画面……

他忍不住咬了咬牙，求饶："去，我去吃那顿饭还不行吗？快关了你的脑洞。"

连小元笑嘻嘻："关。"并做了个对自己的大脑关门的动作。

蓝非原恨恨地瞪她："你是什么时候腐的？"明明小时候还是根正苗红的正常小胖子一枚来着。

"看完《福尔摩斯和华生》之后。"连小元摇头晃脑，踩下油门。

2

凭着蓝非原的记忆，连小元开着车，往西面走，蓝非原闭上眼睛。

潮湿的棚户区往西面走，走大概两三百米就上了大路，大路两边都是商铺，那个时候路很窄很破，都是商户。后来拆迁，原地址上建起了商业街，很多商铺还是按面积补偿给了当时在这里拥有商铺的业主，世代在这里做生意的，其实还都在原地。去挨家挨户问的话，大概也能问到点什么。

两个人下车，蓝非原打着伞，连小元在一旁跟着，距离有点远，蓝非原脚步停了一下，将她往身边拽了拽，两人在伞下紧紧挨着走，像热恋中的情侣。

天上虽然下着雨，气温却不低，闷热得难受，连小元乐意贴着"冷血动物"蓝非原走路，可是走着走着，她发现贴着自己的人也变热了，抬起头来，某人的脸似乎也有点红。

两人原本就贴得近，她抬头时，额头擦过他的唇，他像触电一样，往后扬了扬头。

"没事吧你？"连小元抬手摸他的额头，"发烧了？"

"没事。"蓝非原没好气地拨开她的手，将伞往她手上一塞，自己冲进雨里，三两步走进第一家店铺。

连小元被他一连串的动作搞得莫名其妙，她甚至怀疑是不是自己身上有气味，弄得洁癖龟毛的他不舒服了，就扯着自己的衣服闻了闻。

"没味道啊，刚洗的嘛，还香香的呢。龟毛。"她瞪着他的背影，翻了个白眼。

先一步钻进店铺的蓝非原，脸色还有些绯红，鼻翼间属于女生的清新香气挥之不去，唇上也还残留着温热光洁的触感，他觉得自己得去看看医生，怎么跟那小妮子挨得近点，就心律不齐了？一定是被气的！

不对呀，小时候，他们两个也经常打一把伞，挨在一起看电脑，手把手教写毛笔字什么的，他们也很亲密，她也会气他，也不会像现在这样奇怪。一向睿智冷静的蓝律师想了想，得出了一个结论：

一定是因为赵小胖子长大了，比以前更加气人了！

第一家店铺是水果店，不过店主是商业街新建之后才开始在这里开店的，什么都不知道，只能接着往下问。一连问了十几家店，终于在两人坐下吃晚饭的时候，有了一些进展。

饭店的阿婆在上菜的时候看了丁德海的照片，说："酒鬼丁，认得，化成灰都认得，这种人死了活该，没人给他叫屈。就是他闺女可怜，叫什么香，也不知道现在怎么样了。"

连小元正往嘴里塞米饭呢，闻言，立刻来了精神，一边嚼着米饭，一边问："阿婆，您仔细想想，就在六年前的这个月份，七月十四日，星期三，外面也是这么下着雨，那天您有没有见过丁德海？"

"我想想……"阿婆皱着眉，努力想了想，然后一拍大腿，"想起来了，那天还真见着他。好像是上午，对，是上午，我记得还不到中饭时间，店里也没客人，我儿子那天三十岁生日，我想反正也没事，就和面给孩子擀了碗长寿面。面刚擀好，丁德海就进来了，身后跟着他闺女，还有另外一个女的，挺干净挺体面的一个女的。"

"女的？"蓝非原反问，然后让连小元打电话去局里，调蛋糕店大姐的户籍照片过来，照片很快发到连小元手机上，蓝非原拿给阿婆看，"是不是她？"

阿婆看了一眼："是她，进来的时候还遮遮掩掩的，越是这么遮，越让人想看，上菜时我就趁机多看了两眼，就长这样，白白净净的。"

　　"他们吃饭的时候有没有发生什么事？或者说了什么特别的话？"蓝非原又问，"总之，阿婆您尽量回忆，您觉得无所谓的事情也都说给我们听。"

　　"他们进来吃饭，好像是那个女的请客，女的也不知道是欠他钱了，还是被他拿着把柄了，一直非常客气，给他夹菜倒酒的。酒鬼丁那闺女就一直低着头，后来几个人不知道说到什么了，丁德海一下子就把酒杯摔了，开始打他闺女。我就上去拉，他闺女趁机往外跑，酒鬼丁推开我就追，我被推了一个大跟头，撞到桌子腿上，当时血就出来了。要不是那酒鬼后来死了，我还真得找他算账呢。"阿婆说到这里，还是义愤填膺。

　　连小元听到这里，气得饭都吃不下了，放下筷子："丁德海不是不敢打闺女了吗？怎么敢当众动手？您当时就没追出去看看？"

　　"我都起不来了，还怎么出去？"阿婆说，"没追出去，也能听到外面的动静。酒鬼丁追着打他闺女，那女的就护着，酒鬼丁可能也不敢打那女的，就骂骂咧咧走了。"

　　"骂的什么？"蓝非原追问。

　　"你这小伙子有意思，骂人能骂什么？难听的话呗！"阿婆瞪起眼，"什么养闺女养这么大，养个白眼狼，跟你那贱货老娘一样下贱，想甩了老子过逍遥日子，门都没有。除非你学你老娘自己偷跑，想跑还要老子给你户口本转户口，做梦吧……后面的话就没法听了。"

　　连小元惊得饭都吃不下了，放下筷子，对蓝非原说："蛋糕店大姐想收养丁香？"

"看来那位大姐确实不简单，她跟丁香也绝对不是如她所说的那样一般的关系。"蓝非原用小元的手机看着大姐的资料，若有所思地说着。

连小元也皱眉："丁香那天早上根本就没去学校，她跟蛋糕店大姐在一起，然后约了自己的爸爸出来吃饭，谈论收养的事情。她为什么要说谎？就算蛋糕店大姐六年前就想收养她，也不是什么见不得人的事，她为什么要隐瞒？她和蛋糕店大姐为什么要隐瞒她们的关系？难道她们的这段关系中还有什么不为人知的秘密？"

蓝非原的心里也被谜团塞满，这些谜团和今天的所见所闻掺杂在一起，掠过他的脑海，让他的视线在迷惑中渐渐明晰起来，他却一点都不为这种明晰感觉到放松，反而觉得压抑。他有些不忍心，不忍心揭开这个伤疤，因为他知道，伤疤一旦揭开，等待那个可怜小姑娘的，只有鲜血淋淋。

可是……那个伤疤一直在那里，蛰伏了六年，或者更久，不闻不问任其溃烂发脓，对她们就真的是一件好事吗？

答案是否定的。

他拿定主意之后，静静地看着连小元，眼中不再迷惑，只有坚定："我们可能在无意之间又发现了一起命案。"

3

连小元在车里打电话向唐御臣汇报所有的事，蓝非原睁着眼睛看着车窗外的雨幕发呆。

天已经黑了，商业街上灯火通明，将漫天雨幕映成一片晶莹的珠帘，各种颜色的雨伞在珠帘中穿梭，仿佛在进行一场色彩的盛宴，只是这场盛宴太过潮湿了，让人觉得烦闷。

六年前，那个人，也在这场盛宴中，他撑着黑色的伞，低调而笔挺地站着，满眼悲戚地看着来来往往的人群，看着他今天了解到的这些龌龊，眼中的悲伤慢慢化成仇恨，在他的血液中沸腾。若此时有人往他的伞下看一眼，必定会吓一跳，因为他此时的眼神已经越发狰狞，像头饥饿的野兽，看着面前这雨幕。

若他没有猜错，当晚丁香应该没有回家，丁德海那样暴打过她，她不敢回家，睡在哪里不得而知。那个破旧的棚户里，只有丁德海一个人，引诱这个男人出去实在太容易，酒和钱就行，实在太好下手了。

丁德海就是当晚被劫持，当晚被杀害的。

"头儿让我们回趟局里。"连小元挂了电话，心情抑郁地看着蓝非原，然后恨恨地发动车子，"这年头变态怎么这么多？"

雨天路滑，连小元开车不得不加倍小心，因此慢了一些，回到刑侦一队办公室时，其他人都已经在了。

唐御臣站在白板前等着他们两个，见他们走进来，对众人点点头，单刀直入："开始吧。"

已经很晚了，通过一天的奔波，每一组都收获颇丰，每个受害人死前的行为轨迹都被重建了。

若按受害人被害顺序排序，将他们编号，丁德海是一号受害人，接着是二号、三号、四号……

调查一号受害人的连小元先说，她简单扼要地讲述了丁德海死前的劣迹，和那一天他与丁香、蛋糕店大姐的纠缠。

接着，是二号受害人。二号受害人是轻微智障，流浪到 S 市，极为好色，平日里四处流窜，跟踪小姑娘回家，偷偷爬别人家窗户，偷看人家洗澡换衣服，有一次抓住一个小姑娘试图猥亵，被抓捕过不止一回。但是鉴于他的智力和精神问题，也只是关几天，就送到流浪者救助站去了。可救助站里没有小姑娘，他一次一次地偷跑出去骚扰小姑娘，一次一次地被抓回来，就这样循环反复。他死的那天，在车站纠缠一个高中生小姑娘，小姑娘有癫痫，吓得当场抽过去了，救护车和警察都出动了，闹得很大。

　　三号受害人是建筑工人，手脚不太干净，是个惯偷。

　　四号、五号受害人都是游手好闲的赌鬼，也是整日里偷鸡摸狗的。

　　六号受害人陈大力是最正经的一个，就是嘴巴比较坏，照顾卧床的老母亲照顾久了，有时候心生怨气，会抱怨老母亲几句，无甚大错。他死的那天，因为忙着收废品，中午忘记给老母亲送饭了，被护士说了几句，他又累又愧疚，冲老母亲嚷嚷了几句，说什么"病了这么久，拖着也不死，连累我整天累得像条狗"。

　　负责查陈大力的大冬说："据护士们回忆，陈大力也只是嘴上抱怨抱怨，平时里对老母亲还是挺孝顺的。他老母亲心脏不好，他一直在攒钱，想给老母亲做手术，整天穿着破洞的鞋子在外面跑，也不舍得买新的。"

　　"之前我父亲分析，这个凶手是'死亡天使'和'社会清道夫'的混合体，现在的证据显示，他是个彻头彻尾的社会清道夫，他的行为，要重新评估了。"蓝非京冷静地说，"社会清道夫对受害者没任何怜悯，那么他清洗浸泡尸体，将尸体分层装箱，再抛去风水好的地方，这些行为不是针对死者，而是针对活着的人。他幻想自己为人民除掉一些肮脏的东西，净化了这个社会。社会清道夫不会将他认为的社会毒瘤，抛尸去风水好的地方，他这种做法可能是在用这些人祭奠什么人。"

唐御臣静静听着，白板上有张地图，已经用蓝色的笔标出受害人被拐走的地点，又用红色的笔标出抛尸地，红色的点和蓝色的点起先很有规律，只有到第六个受害人时，发生了变化，骤然东移了。

蓝非原看着那个代表着陈大力的红色的点，突然想明白了："我一直很奇怪，他为什么打破自己的规律，现在看来，不是他想打破，而是他要祭奠的人离开原本的地方了，他不得不跟着离开。今年是不是有公墓搬迁？或者有人家挪祖坟？"

五哥比较年长，对这方面比较了解，他说："是有一个公墓因为城市更新项目挪了，挪到五华路后面去了。"

唐御臣在地图上圈出五华路，那里正处于幸福里西面："嫌疑人要祭奠的人就葬在这个公墓里。"

"他要祭奠的人挪去新的地方，他急需杀人来祭奠亡人，连陈大力那种只有小错无伤大雅的人都不放过，他已经彻底疯了。"蓝非原的眼神阴沉下来，"下个梅雨季他还会再杀人，没有人阻止他，他是不会停手的。"

所有人都沉默下来，窗外是黑漆漆的雨夜，仿佛一头巨兽贪婪的大嘴，吞噬着光明，将更多的阴暗展现在大家面前。

唐御臣皱起眉头："今天大家先回去休息，明天开始去查公墓。"

公墓里面葬着的可是几百号人啊……好巨大的工程。

所有人都知道这不容易，但没人抱怨，因为他们知道，若他们此时不查，让这个案件再成未结案件，那么下个梅雨季还会出现新的受害人。

新的受害人可能只是这个城市里最普通的一员，或许有些不完美、有些小过错，但即便是这样的人，他们的命运，也不该由一个杀手来决定。

队里的人拖着疲惫的身躯离开警局，唐御臣办公室的灯还亮着，蓝非原敲开他办公室的门。

"丁香的事，那个意外发现的谋杀案，能不能暂时交给我来查？"他声音淡淡的。

"没有尸体，没有报案人，你就算交到局里，也无法立案。"唐御臣说着拿出手机看了看，已经八点了，某人应该已经下节目了，他们约了今天见面去吃饭的，他不想迟到。

隔着办公桌，蓝非原也能感觉到唐御臣看到手机待机画面时，表情一瞬间的温柔，待机画面是个女孩的自拍，他就算没看清也知道是谁。

他也喜欢这个女孩，可从来没想过用这个女孩的照片做过待机画面……他愣了一下，然后将这种行为解释为个人习惯。

可是……若他没有这种习惯，那么他人生中第一台电脑的待机画面，那张肥嘟嘟的女孩的照片又是怎么回事？

是他根本不够爱罗施，还是赵小胖子的那张自拍太喜感了，让他把持不住想天天看着，嘲笑一番？他觉得有点混乱。

唐御臣低头跟谁发着短信，一时间顾不上他，他默默退出办公室，关上门前，唐御臣的声音从里面传了出来："注意安全。"

蓝非原回头，微微笑了一下。

唐御臣这个人其实真的不赖，将小施交给他，应该也没什么不放心的吧。

这是他早就放下的事，若是其他人问了，他肯定会如实回答，毕竟也没什么好隐瞒的，单单对连小元，他就是遮着掩着。他在心里仔细分析了一下自己的这种行为，后来才确定了，连小元每次提到他和小施的事，浑身上下充斥的醋意实在让人觉得赏心悦目。

就是喜欢看她吃醋的样子。人前冷静理智的蓝大律师，对自己的这点恶趣味不以为耻反以为荣。

毕竟，他这么乏味的人，也确实没有其他爱好了。

4

这晚自然还是连小元送他回的家，说送其实不确切，因为就赵小胖子利落地换拖鞋，熟门熟路去更衣室找他的睡衣穿的行为轨迹来看，她今晚也根本没打算回家。

人类的适应能力是很强的，面对这种再明显不过的侵入行为，他只是站在门口咬了一会儿牙，就默默接受了。

在外奔波一天，他回家第一件事就是去洗澡，洗完澡走出浴室，就看到连小元戴着耳机在客厅里边吃零食，边给她妈打电话。

"你别操心了，我住蓝小非家。蓝小非你还记得吧？以前老去咱家过夜的，他老住咱家，我都没住过他家，太吃亏了，我得补回来。什么戴不戴套的，思想怎么这么不健康呢？我跟你说，别往那个方向想，我们俩小时候处得跟哥俩似的，我不能乱伦。好啦，好啦，挂啦。"

蓝非原听着这对母女的对话，头上默默滑下三条黑线，默默退回浴室吹头发去了。

头发还没吹干，连小元就蹦跶过来拍他的肩膀："蓝小非，你快出去，我要尿尿，憋不住了。"

蓝非原自成年后接触的女性都是斯文有礼型的，鲜有连小元这样的，他忍不住咬了咬牙："能不能斯文点？"

连小元撇撇嘴，换了一种说辞："朕要出恭，小非子，速速退下。"

蓝非原头发也不吹了，放下吹风机就出去，并"咣当"一声关上门。

自从这个"小胖子"重新杀回他身边，他感觉到自己刻意养成的严谨规律的生活状态，马上要土崩瓦解了。

蓝非原站在门口，摸着湿发抑郁，抢占了他地盘的赵小胖子则一边"哟哟哟"地哼着乱七八糟的 Rap，一边忙着自己的事，还是小时候那没心没肺的模样。

听她嘴里唱的乱七八糟的歌，他突然有些释怀了，因为查案，一天都十分紧绷的神经，竟慢慢缓和了下来，有了一些困意。

连小元上完厕所，又洗脸敷了面膜，之后贴着面膜去洗澡。

面膜是早上超市一并送上来的，便宜大碗，标准的小市民款，蓝非原看到还皱了下眉头。可她觉得这种消耗量巨大的东西，就是要便宜大碗才行，动辄几百上千的面膜都是抢钱，为了让生活精致到不行的某人接受自己的观点，她决定每晚敷敷面膜，用自己水灵灵的皮肤征服他，为自己挚爱的面膜讨一个说法。

哪知道，她洗好了澡，洗掉面膜，喷了保湿喷雾，水灵灵香喷喷地走出来时，蓝非原已经在沙发上睡着了。

他睡着的姿势并不放松，整个人靠在沙发靠背上，闭着眼睛，手脚摆放得依旧端正，连小元也是走近了，看了许久才发现，他真的睡着了。

连小元屏住呼吸，小心翼翼地坐在他身边，静静地看着他，此时她可能没发现，自己的眼睛里有亮亮的星光。

蓝小非睡觉的样子，可真好看啊。她咂吧着嘴巴。

蓝非原的五官长得确实很好看，像他那个当年名噪一时的警花母亲多一点，但因为是被严谨刻板的父亲带大的，身上也难免染上了那种冷清严谨的禁欲气息，让人觉得他不太好亲近。只有连小元知道，蓝小非这个人啊，其实有一颗非常柔软的心。

她静静地看着他，微微地笑了，然后伸出手指，轻轻戳了戳他的鼻子，又戳戳他的嘴巴，自顾自地嘀咕："蓝小非，你真是越大越好看，谁要是能当你老婆，真是有福气，我好羡慕她呀。"嘀咕着，自己笑一笑，然后就这么趴在他身边睡着了。

蓝非原睡眠一直很浅，其实连小元坐到他身边，他感觉到沙发微微震动时就醒了，可是他没有睁开眼睛，因为她离他好近，他心跳加速，有些控制不住自己的手脚，就是动不了。

然后她说：蓝小非，你真是越大越好看，谁要是能当你老婆，真是有福气，我好羡慕她呀。

听到这句话，他浑身上下的汗毛都竖起来了，那种触电一般的感觉让他觉得陌生，心里却又暖洋洋的，直到现在，他也没完全平静下来。

他伸手关上灯，在昏暗中看着赵小胖子的侧脸，细腻洁白，挺翘的鼻梁，轮廓优美的下巴脖颈……越长越好看什么的，不是应该形容她吗？他才羡慕她未来的老公呢。

他看着她，最终还是没忍住摸了摸她的脸颊，然后，他有点后悔。

这种细腻柔滑到他心坎里的感觉，他万一上瘾了可怎么办？

这一夜过得十分安静，第二天天还未亮，两个抛弃床睡沙发的人，双双被手机振醒，睡觉之前靠得太近，以至于他们抬头起身时，头撞到了一起，疼得瞬间清醒了。

"蓝小非，你的头怎么这么硬啊？"连小元疼得龇牙咧嘴，一边抱怨着，一边去摸手机，接起电话。

电话那头传来小李的声音："蓝律师神了，高云……就是那蛋糕店大姐果然出门了，鬼鬼祟祟的，我要不要跟上？"

墙上的挂钟，指针指向四的方向，凌晨四点，天还是黑的，客厅里十分寂静，小李的声音从手机里传出来，十分清晰。

蓝非原揉着被撞出瘀痕的额头，咬牙对着手机大声说："跟着，我们随后就到。"

5

其实接到小李的这个电话，蓝非原并不感到意外。

昨天，在唐御臣的办公室里，他得到唐御臣的许可，由他调查蛋糕店大姐，唐御臣并不是只是点点头就不管事了，而是将小李派给他帮他忙。

于是蓝非原就让小李带着一个男警察，便衣蹲守在蛋糕店外，只要蛋糕店一有风吹草动，就立刻通知他。

小李和那个男警察一直等到现在，蛋糕店大姐终于出门了。

凌晨，车不多，蓝非原和连小元开车赶去跟小李会合，小李一路都在报告方位，最终他们在郊外一个废弃的垃圾场外成功接头。

小李气喘吁吁地指着垃圾场的大门："高云刚进去，她不会把尸体藏这儿了吧？"

蓝非原没出声。

连小元也不是特别肯定，她见就小李一个人，就问："刘杨呢？"刘杨是隔壁刑侦二队的新人，最近二队也没什么大案子，基本都在支援一队办这个连环碎尸案，刚才跟小李一起潜伏在蛋糕店外的就是他。

"我让他继续看着蛋糕店，丁香那小丫头还在蛋糕店里呢。"小李说。

蓝非原赞赏地点了点头："想得周到。"

小李被偶像的儿子夸奖，顿时有点飘飘然，欣喜地笑了笑，看着垃圾场大门，摩拳擦掌："现在进去吗？"

蓝非原点点头："我们兵分三路，我从正门进去，赵……小元你走南门，小李麻烦你绕去后门。"

连小元不同意："你跟我分开，万一你遇到危险怎么办？"

蓝非原抬眸看她，声音冷静："高云能对我造成什么危险？"

连小元瞪他。他明知道，她说的危险，不是指高云。

那个隐藏在暗处的杀手，谁知道会不会突然蹿出来？

她眼神坚决，蓝非原竟有些心软，叹了一口气说："我保证今晚不会有太大危险。"

"什么叫不会有太大危险？在你眼里，什么才是太大的危险？"连小元一步不让。

"要不叫队里增援？"小李见他们两个僵持不下，提议道。

蓝非原却坚决地摇了摇头，他皱着眉，将手放在连小元的肩膀上，用难得柔软的声音一字一句地对她说："赵小胖子，今晚不能叫增援，你也不能跟着我，我保证不会让自己有危险，相信我，可以吗？"

他语调缓慢冷静，带着点哄骗和恳求。连小元从小就怕他这样跟她说话，只要他用这样的语调说话，她就知道，自己再怎么闹都是无济于事了，他已经决定了。

"你保证？"连小元咬了咬牙。

"我保证。"蓝非原弯起嘴角，露出一个舒心的笑。

三个人进入垃圾场，天还没亮，四周很黑，好在月光还算明亮，他们为了不打草惊蛇，没用手电筒，借着头顶的月光，一步步地往里摸索。

连小元从南门进去，离蓝非原的正门最近，她一边轻手轻脚往前走，一边竖着耳朵，仔细听着正门方向的动静。

"砰砰……"前方突然传来异响，像是有人用木棍在敲着什么东西。

连小元心中警铃大作，手摸进腰间，握住枪柄，快速朝声音来源处跑去。

这个垃圾场因为规划问题，废弃已久，里面堆满了无人处理的垃圾，臭气冲天，是个藏尸的好地方。

连小元小心翼翼地绕过一个个垃圾堆，凭借着头顶的月亮分辨着方向，她一直往前跑，那个位置就是正门的方向，她担心蓝非原出事，脚步不知不觉中又加快了。

再往前视野开阔了许多，地上有个人趴着，一动不动，生死不明，光线太暗了，也看不出是谁。

连小元有些着急，将枪从枪套中拔出来，握在手上。

就在这时，身后传来细微的脚步声，一股劲风从后方呼啸着扑向她的后脑。视线不明，听觉反倒灵敏了许多，她皱着眉头，原地蹲下，就地一滚，躲过了那股劲风，然后迅速站起身，举枪对着在身后偷袭她的人。

那人一身黑衣，黑色绅帽，帽子下是一张京剧的脸谱，说是脸谱却并不是舞台上见过的任何一个人物，那是张明显的女性的脸，一半在微笑，一半在痛哭，看起来十分扭曲骇人。

这个人……满身的杀气。

连小元手里握着枪，冷汗不由自主地顺着额头流了下来。

"警察。别动，否则我就开枪了。"她厉声警告脸谱人。

脸谱人却似乎毫无惧意，抬手朝连小元身后指了指。

连小元并没回头，却能感觉到身后有人靠近，那人身形极快，一瞬间已经到了她后面，一记扫堂腿朝她扫过来，她闪身躲过，但那人动作太快，又飞起一脚，踢飞了她手中的枪。

没有了枪，她还有拳头，好在对方手上也没有武器，只是那人是个练家子，一招一式极其狠辣，她不得不打起十二分的精神应付。

连小元在队里算是能打的，就算是唐御臣也只能跟她打个平手，再加上她天生力气就大，下手非常狠，对手也占不到半分便宜。

缠斗中，连小元看清与她交手的人的装束，跟脸谱人不同的是，这人一身运动装备，棒球帽下面是黑色的面巾，身形瘦高，根本就像是个大学生。

趁着黑面巾人缠住连小元，脸谱人来到趴在地上的那人面前，蹲下身不知道要干什么。连小元一着急，转身就朝脸谱人跑去，后背被黑面巾人狠狠踢了一脚。

那一脚很重，她一个踉跄几乎扑在地上，但硬挺着没趴下，咬着牙朝脸谱人扑去，边扑边嚷："你别碰他！"她以为那是蓝非原。

她的声音在寂静的垃圾场里格外清晰，从后门进来的小李大概是听到了她的声音，意识到她有危险，在远处鸣枪示警。

脸谱人和黑面巾人一愣，双双飞速地闪人了。

连小元连滚带爬地扑到趴在地上的那人面前，离得近了，才发现是个女的。她松了一口气，仔细看那人的脸，竟然是丁香。

准确地说是穿着蛋糕店大姐衣服的丁香。

难道小李一直跟踪的人就是丁香？丁香穿成高云的模样，引开小李，到底想干什么？

丁香的身体还是温热的，连小元按了按她脖颈处的大动脉，还在跳动，只是昏迷了。

她放下心来，瘫坐在地上，不管丁香想干什么，人没事就好。

直到此时，她才感觉到后背上被踢过的地方火辣辣作痛，五脏六腑似乎都撕裂了一般，没有一处是舒服的，她摸摸后背的伤，在黑暗中龇牙咧嘴。

小李摸到连小元这边时，就看见连小元坐在地上，旁边躺着"高云"。

他一时没搞清楚状况，蹲下身关切地问连小元："怎么了？刚才什么情况？"

连小元疼得说不出话来，指了指垃圾场的大门："快，快去看看蓝小非在哪儿？"

"蓝小非？"小李一时没反应过来。

"蓝非原，你偶像的儿子，快找找，我来到这儿就没见着他。还有，打电话给头儿，我刚才可能遇见我们正追踪的那个凶手了。我叫救护车来，送她去医院。"她龇着牙，指着地上的丁香，然后把小李往外推，再伸手入衣袋摸手机。

在她心里，不管是确认蓝非原的安全，或是抓凶手，还是极有可能成为关键证人的丁香，都比她身上的那点伤重要。

遗传自她爹赵警官的粗线条，她始终觉得小伤什么的忍忍就过了，没必要弄得尽人皆知。

小李将枪捡给连小元，飞快地朝正门跑，过了没多久，他回来了，气喘吁吁地对连小元说："坏了，蓝律师不见了。"

连小元腾地站了起来，脑袋像炸开一样，一阵轰鸣。

────────────── 录音 ──────────────

"都说了，不要出来见面。"

"今天，我可不是来见你的。我来见你的小情人。"

"你想干什么？"

"不要紧张嘛，我都说了，我们之间的感情超越一切，甚至凌驾于所有感情之上，所以，我觉得我应该包容你。你就算真的喜欢她，让她待在你身边也没关系。"

"……她是我们仇人的女儿……"

"所以我准备考验考验她，只要通过我的考验，你就能喜欢她。"

"果然，你才是世界上对我最好的人。"

"知道就好。以后就算有了她，也要把我放在第一位。"

"当然。"

【第九章】
抱歉，再次将你弄丢了

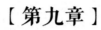

你知不知道，外面有个疯子在找机会杀你？你
知不知道，我找不到你有多害怕？

1

连小元小的时候也弄丢过蓝非原，就是他们被绑架那次。

那次的记忆还十分清晰，现在想想也如此时一般，吓得她浑身都在颤抖。那个时候，她尚且才刚逃出去，脚还是赤着的，上面满是瘀青和划痕，她也不觉得疼，带着警察循着她当时的记忆，往关着他们的小屋赶。

可是她跑出来的时候实在太慌张了，关他们的地方又比较偏僻，怎么找都找不到，在一个路口再次迷路时，她终于忍不住崩溃了。

"我怎么这么笨。"她双手抱着头，使劲揪着自己的头发，胖乎乎的脸上是近乎绝望的表情。

车后座的警察忙来安慰她："别着急，慢慢想。"

她暴怒地大吼："慢慢想来得及吗？"吼着吼着大哭出声，哭得嗓子都哑了，"蓝小非要是被杀了怎么办？我怎么这么笨！"

虽然过去了很久，但是那种崩溃绝望感现在想想还是记忆犹新，如她此时一样。

连小元疯了一样拨着蓝非原的号码，可怎么拨都是关机。她收起手机，朝垃圾场大门跑去，循着月光四处乱窜，声嘶力竭地喊："蓝小非，蓝小非，你去哪儿了？你答应我一声……"

找了一会儿，她想起什么似的往停车的地方跑。

车也不见了。

蓝非原开着车，一路开到离垃圾场五公里外的一处坟场，这里是片乱坟岗，在通往国道的路边上，被一小片林子包围着，很僻静，买不起墓地的人家一般都会选择将离世的家人葬在这里。

他将车停在路边，就着月光，深一脚浅一脚地钻进林子里，林子里散落着十几个坟包，坟包前立着石碑，他脚步不停，继续往里走，终于在林子深处看到了那个正弯腰用铁铲挖着其中一个坟包的女人。

女人听到脚步声，停下手中的动作，颤抖着声音回头问："谁？"

蓝非原走了过去，声音冷淡："大姐。"

高云看到蓝非原，挖坟的手一抖，铁铲掉在地上："你怎么知道我在这里？"

"让丁香扮成你，吸引警察的视线，你将尸体挖出来给那个人，这确实很聪明。可是大姐，我早就跟你说过，这个世界上，没有平白无故的关心。你这么聪明的一个人，还想不明白吗？"

"可我……可我能怎么办？"高云捂着脸，蹲在地上"呜呜"哭了起来。

"你现在包庇的那个人，是个连环杀手。"蓝非原走上前，看着蹲在地上呜咽哭泣的女人，眼神如头顶的月亮，带着悲悯和一丝凉意，"你有没有想过，若是将这具尸体交给他，万一他对你没有了顾忌，杀人灭口怎么办？"

"我顾不上那么多。丁香被骗了，杀千刀的骗子，骗了丁香两百万，全部的房款啊。那是多少钱？我这辈子都挣不了这么多。"高云蹲在地上，边哭边哑着嗓子对着蓝非原喃喃。

"所以，你就答应，拿你丈夫的尸体跟他交换，条件是，让他帮丁香找回被骗的钱。他到底对你丈夫的尸体做了什么？"蓝非原问。

"他……他把我丈夫肢解了……就在我杀了我丈夫的当天晚上。那天晚上，我就在垃圾场里，杀了我丈夫，我很害怕，不知道怎么办就躲进了屋里，再出来的时候就发现有人拿着刀……那个人穿着黑衣服，一身一脸的血，就像鬼……我吓得当时就昏过去了。醒来之后，'鬼'已经不见了，我趁着天没亮将尸体拉到这里埋了。我想着，只要这家人不迁坟，埋这里就肯定是安全的。"高云说到这里，声音依旧是抖的，"我这辈子最后悔的事就是瞎了眼，嫁了这么一个禽兽，杀了他我一点也不后悔，但这件事跟丁香一点关系都没有，你抓我吧，不要牵扯到丁香。"

蓝宁远第一次接触到这个案子时，就曾经跟蓝非原说过："这个人不是第一次切割尸体　他一定做过练习。"

蓝非原当时也看了法医拍的照片，觉得第一个受害人的尸体被切割的刀法虽然不粗糙，但是也很业余，他不觉得凶手有练习过，而且也并没有毁坏遗体之类的案子上报上来。

蓝宁远肯定地说："不是刀法，是态度，他第一次就很有自信，这种自信不是平白无故得来的。他确信他有掌控别人的力量，但他在整个犯案过程又十分严谨，并不像个自大狂，那么这种自信就只能是从练习中得来的。"

他听得心不在焉，有些不太明白为什么父亲总是喜欢跟他谈论这些，他又没打算当警察。

"父亲。"他叹气，"我们难得见一面，能不能说点别的？"

蓝宁远这才合上面前的资料夹，抬头看着他："小非，做父亲的总想尽可能多地教给孩子一些技能，才觉得不愧为'人父'，我除了这些，实在没什么能教给你的，对不起。"

头顶的月光，像极了那晚父亲眼中的柔光，蓝非原静静地站着没有动，他看着高云，心中悲悸。

父亲在犯罪心理方面的造诣果然不是他能比拟的，父亲能从一张照片中看出杀手的态度，父亲说杀手练习过，杀手就真的练习过。

而且第一次练习，杀手一定非常激动，那种刺激感让他不可能静心思考，他一定留下了很多关键性的证据。这么多年来，他一定一直都在关注着高云和丁香，发现丁香被骗，第一时间联系高云，要求她拿丈夫的尸体交换他的帮助。

蓝非原叹了一口气："我不是警察，也没有叫任何警察过来，我不是来抓你的，是来劝你自首的。大姐，为了能多陪丁香几年，你去自首吧，把你知道的，关于这个连环杀手的事，都告诉警察。协助破案，在法庭上对你十分有利。"

"真的吗？"高云抬起头来，一向保养得当的中年女人，此时似乎一下子老了十几岁，"我真的还能活着出来陪丁香？不用杀人偿命？"

　　"我看过你的档案，以你丈夫对你的所作所为，你顶多属于正当防卫过当，不会判死刑。我有一个律师事务所，我有全国顶级的律师团队，我保证你还能再陪丁香很多年，让她为你养老送终，不会老死监狱。"

　　蓝非原说这话的时候表情严肃，语气坚定，眼神里却有一种柔和的慈悲，高云抬头看着他，两行眼泪从失去光彩的眼睛里流淌下来，下一秒她"扑通"一声跪在了蓝非原面前，痛哭起来："谢谢，谢谢，只要能再多陪丁香几年，让我做什么都行，我都听你的，都听你的。"

　　2

　　蓝非原带着高云来到局里，天已经亮了。这个多年饱受折磨的女人走进那扇大门的时候，竟然满身轻松。蓝非原坐在车里，目送高云走进去，嘴角微微扬起一个舒心的微笑。

　　不多会儿，唐御臣派人去挖出了高云的丈夫，已经申报失踪了六年的刘天祥。

　　谁会想到，就在高云挖掘的那个墓里，一个死了十几年的、无亲无故的女人的墓里，还埋着另外一个人的冤魂？

　　法医冯甜自然也要跟着去，忙碌的一天，就这样拉开了序幕。

　　蓝非原看着唐御臣将高云带进审讯室，自己坐在唐御臣办公室的沙发上，喝着茶，等着王小元回来，顺便拿了一沓唐御臣说了可以看的资料在手里翻着看打发时间。

他知道，他这次一定把那个牛脾气的小妮子给气坏了，他在等着即将到来的暴风雨。

果不其然，连小元回到局里，听说蓝非原在唐御臣的办公室，也顾不上去洗洗满脸的灰尘，就旋风一样冲去了办公室，看到蓝非原好好坐在那里喝茶的一瞬间，气血上涌，冲过去，挥手就是一拳。

蓝非原知道她生气，但没想到她会这么生气，完全没有心理准备的情况下，鼻子上挨了一拳，登时就捂着鼻子趴下了。

"蓝小非，你最好解释一下，你这是什么意思？"连小元咬牙切齿。

蓝非原疼得眼冒金星，手上一阵温热，流鼻血了。他抬起头，本想装装可怜，可是一抬头，看到连小元满脸的泪痕，立刻就装不下去了，淡定地拿纸巾擦了擦那少量的鼻血，站起来，有些心虚地看着她："我这不是没事吗？"

"万一有事怎么办？"连小元抹了把眼泪，冲他嚷，"你有什么计划，跟我说一声不行吗？我又不会妨碍你，抛开我一声不吭自己跟去了算怎么回事？你知不知道，外面有个疯子在找机会杀你？你知不知道，我找不到你有多害怕？"说到最后，她嗓子哑得有点破音，满脸眼泪混着泥更是惨不忍睹。

蓝非原有些不忍心，伸手拍了拍她的头："好吧，这次是我错了。但是你是警察，你发现高云丈夫的尸体，你不抓高云，是渎职；你若抓她，她就失去了一次自首的机会。"

连小元知道他的话有道理，可就是无法停止生气，其实说生气并不准确，准确来说，她是害怕，害怕自己跟丢他。

他们被绑架那回，她找不到路，晚去了大概半个小时，导致他被绑匪转移，生生被折磨了三天，这一次……她真的不敢想。

"那你也应该提前跟我说一声。"连小元使劲抹了把眼泪，想起自己见到的脸谱人和黑面巾人，然后正色对蓝非原说了。

蓝非原皱了皱眉："戴脸谱的那个人，是咱们要找的连环杀手。"

"为什么这么肯定？"连小元问。

"他去看了丁香，只有他那么关心丁香，因为丁香越好，越能满足他杀人后世界会变好的幻想。另外一个人……"蓝非原皱起眉头，心中有波涛在汹涌，"他在试探你的实力。"

"试探我的实力？那他的目标就是你？他是那个刺杀蓝叔叔的凶手？那他怎么会跟这个连环杀手在一起？"连小元已经顾不上再生蓝非原的气了。

她努力回忆黑面巾人的一切：瘦长的身形，一身运动装备像个爱运动的大学生，黑帽子黑面巾下露出一双眼睛，虽然似乎画了眼线，刻意改变了眼睛的形状，但是那双眼睛，她记得清清楚楚，是笑着的。

笑着在跟她过招，一招一式狠辣不留后路，身手十分好，似乎很久没有遇到过对手了，且越打越兴奋，要不是小李鸣了枪，他肯定还会拖着她，再交一会儿手。

"戴黑面巾的到底是不是刺杀我父亲的人，抓到连环杀手就知道了。"蓝非原眼神明亮，"连环杀手既然那么在乎刘天祥的尸骨，不惜冒着暴露的危险，亲自跟踪高云，只是这具尸骨中究竟有什么，让他如此忌惮？"

"等尸骨运来局里就知道了。"连小元用鼻孔哼了哼，"我跟你说啊，别以为我不生气了，我还生着气呢。"

　　蓝非原弯唇淡淡一笑："一定补偿你。现在，跟我一起去看你们头儿审讯高云吧。"

3

　　蓝非原和连小元赶到审讯室的隔间，审讯已经进行到了一半，小李、刘杨和冯甜去挖刘天祥的尸骨了，大冬和五哥隔着玻璃看着审讯室中的两个人。

　　隔着一张桌子，高云正在哭，唐御臣神情冷淡，低头看着手中高云和刘天祥的档案。

　　"我当初嫁给刘天祥，就图他手里有个垃圾处理场，有点钱，虽然离过婚，但是无儿无女，就没理会周围的人，说他那方面不行的传言。我当时也是离异，身边还带着个女儿，我就想，他不行有什么关系，反正我有女儿了，他不行，我们生不出孩子来，他就更疼我的女儿。"高云边哭边说，断断续续，"可谁知道，他根本不是不行，他是对着大人不行，他这个畜生只对小女孩有兴趣。"

　　她这话，无疑是一个惊雷，在审讯室炸开了，大冬和五哥皆是一愣，可是唐御臣却依然神情淡定，似乎心中早就有判断，俊脸有一丝不忍："他侵犯了你女儿。"

　　高云点了点头，捂着脸又哭了起来："我可怜的慧慧才九岁，他简直就是畜生。慧慧从小就聪明，特别爱干净，她受不了被侮辱，她觉得自己很脏，跳河自杀了。我去找刘天祥对峙，他还打我，把我打得半个月下不了床。"

　　"当时为什么不报警？"唐御臣皱着眉问。

"我家慧慧那么爱干净爱漂亮，报警了人人都知道她被侮辱了，她在天之灵怎么受得了？她会怪我的，我不能这么干。可就是我这点私心，害了丁香。"高云抹了抹眼泪。

"丁香成了刘天祥的下一个目标？"

"对。慧慧死了之后，也一直挺安分，直到看到跟着丁德海出来拾荒的丁香。他留了不少好东西给丁德海，值钱的废铁、废铜，有时候还会给丁德海买酒，让丁德海每次都把丁香带着。丁德海埋头在外面挑能卖钱的好东西，刘天祥就跟丁香在屋里……不止一次……"高云说到这里，不忍地闭起眼睛，缓了许久才说，"我搅和这他们，丁香一来，我就在屋里不出去，刘天祥就打我，打得我下不来床，没法去搅和他的好事……好几回，我都想死了算了，可一想到丁香，跟我家慧慧一样……我不护着，就没人护着她了，一想到这个，我连死都不敢……"

"而就算这样，你为什么依然选择不报警？"唐御臣皱起了眉头，他不是不同情眼前的女人，但是更加痛恨她的愚昧和毫无法律意识，或者说有法律意识，但不相信警察。

"我……我一个女人，无权无势，报了警，警察也未必站在我这边。"高云低下头，抽泣声小了起来。

果然是这种思想。

唐御臣在心里叹了一口气，沉默着。

小隔间里一阵安静，大冬握着拳头"砰"的一声砸在墙面上，骂了一声："这都什么事啊？"

五哥沉默不语，拳头也握得紧紧的，连小元看得出他也很愤怒。

再回头看蓝非原，他的眼睛里只剩下了悲悯，却并不惊讶。她忍不住问："你早就知道刘天祥的事？怎么看出来的？"

"你记得不记得，我们去蛋糕店找丁香时，她打开衣柜，掉出来的那个小倩娃娃？"蓝非原问。

"当然记得。"

"娃娃的脸被涂黑，胸口多处被戳破，这并不是普通的小孩子调皮的现象。按照那个娃娃上市的时间来算，那个时候，丁香已经约十岁了，十岁的女孩已经过了会破坏玩具的年纪，况且那么昂贵的娃娃，她的家境不可能消费得起。丁香是个老实可靠的孩子，也不可能是偷的，就算是捡的，那对她来说也是难得能拥有的玩具，她也会异常珍惜，为什么要破坏？一是她对送娃娃的人的恨意，另外就是她用娃娃影射自己，她觉得自己肮脏，才会将这个心理折射到娃娃身上，折磨、破坏娃娃来发泄。"蓝非原声音不大，但他常年出入法庭，他的声音总有种让人信服的力量。

"有可能娃娃不是她的呢？"连小元又问。

"有这个可能性，所以我当时只是判断，有这样一个女孩存在，并没有肯定那人是丁香。娃娃有可能是大姐的女儿的，所以才让你查高云的资料。拿到高云的资料之后，我发现她确实有女儿，但是1997年就意外落水溺亡了。1998年这个娃娃才出厂，不可能是她的。再加上高云跟刘天祥结婚多年都没有生育、高云对丁香的关心程度，这些事情加起来，不难判断。"蓝非原说。

连小元挠了挠头："我只是觉得高云和丁香都挺不对劲的，但没你看得那么深入，我是不是挺不合格的？"

"这是犯罪心理学的范畴，你不知道也很正常，你们头儿在国外修过一年这类的课程，他心里也有判断，所以，我什么都不说，他也什么都懂。"蓝非原说着看到连小元的眼神又开始变得不对劲了，皱着眉敲了敲她的头，"不许说什么心有灵犀，这是专业。"

连小元挠了挠头，嘻嘻一笑，用眼神为他点赞：你真懂我。

蓝非原看她古灵精怪的样子，又是无奈又是好笑。

这时，大冬又问："那是怎么判断出，高云杀了刘天祥的？"

蓝非原的视线从连小元身上移开，落到大冬身上："首先，这类对小女孩有兴趣的嫌疑人，一旦找到好控制的女孩，不会轻易放手，也不会停止犯案，除非他失去了犯案的能力。这类案件，熟人作案比较多，高云的资料上记载，她丈夫刘天祥的垃圾处理场的位置，跟丁德海当初拾荒的路线吻合。且丁德海的资料上记录，丁德海在1998年、1999年年收入提高不少，他是拾荒者，没有其他工作，怎么提高收入？除非有人帮助他。这个世界从来不会掉馅饼，他一个口碑不好的拾荒者，能被人惦记的，只有一个女儿。假设刘天祥对丁香不轨，高云已经知晓，她会做什么？通过那两千她的入院记录就能知晓，她反抗过，且一直在反抗。2010年刘天祥失踪，她报的案，两年地狱生活……足以逼疯一个女人，高云没有疯，她只是拿起了刀……从此过上了平静的生活。"

一番分析，让所有人听得心有余悸，这个案中案虽然让人唏嘘，但是也带给所有人破案的希望，连一直追查木箱来源，毫无头绪的五哥都振奋了起来。

蓝非原静静地站在玻璃前，看着审讯室里的情况，审讯已经接近尾声，高云正在擦眼泪，他看着这个中年妇女，保养良好的脸，不知道为什么心里总觉得有些不对劲。

他默默在心里将线索和判断还有高云的供述都对了一遍，没有错，一切都对得上。

可是心里那种隐隐的不对劲又是怎么回事呢？

4

法医检查刘天祥的尸骨需要一些时间，连小元背上疼得厉害，勉强跟蓝非原一起去食堂吃了早饭，本来想去宿舍躺一躺，可是蓝非原想去停尸房看着，她挣扎着也要跟着去。

"这里是警局，能有什么危险，你累就去躺着。"蓝非原回头看她，她的脸色不太好，原本一直红润的小脸，此时看起来有些苍白，嘴唇也是白得厉害，他有点担忧，"你跟黑面巾人交手，受伤了吗？脸色怎么这么难看？"

连小元用手噼里啪啦地拍脸，脸立刻被她拍得红通通的，她仰头："哪儿难看了？这不挺红润的吗？"

蓝非原才不信她的邪，抓着她的手往停尸房走："让冯甜给你检查检查。"

连小元背疼得厉害，也没力气跟他拉扯，只能任他拽着往前走，边走边叫："我还没死呢，不用让冯甜检查吧？"

"冯甜除了法医学的学位，还有外科硕士学位，看你足够了。"蓝非原回头跟她解释，脚步却没停。

连小元皱了皱眉，语气酸酸的："之前还说对人家冯甜没意思，转头就把人家了解得这么清楚，你们男人真是口是心非。"

蓝非原这次终于停下了脚步，看着她郑重地说："我不止了解她，现在你们警局所有人我都了解得差不多了。刚才在你们头儿办公室等你的时候，觉得无聊，就顺便把你们头儿刚整理好的局里人事档案看完了。"

"我们局里上上下下百来号人呢。顺便！看完了！才多长时间？"连小元吞了吞口水。

她又想起小时候，她借了图书馆的书拖着不看，到还书的期限时，一脸沮丧，他将整本书的故事情节全部讲给她听。

她问他什么时候看的，他答：排她后面洗澡，等得无聊，随手拿来翻了翻。那是一本三百多页的小说，她洗澡才用多长时间？

懒得跟他讨论，他的记忆力和阅读速度有多非人类，连小元自己往停尸房走。

其实局里有专门的法医室，环境比停尸房好多了，可是冯甜比较特殊，她坚持将解剖间放在停尸房里，局里只好将停尸房里的隔间给了她。而之前的法医室，连小元也去过，那里成了冯甜的专属领域，布置得十分小清新，冯甜是哆啦A梦的死忠粉，整个法医室到处都是哆啦A梦，连电脑上都是哆啦A梦的贴纸。

找到冯甜时，冯甜在法医室换衣服，她原本穿的是白T加蓝色高腰裙，肤白貌美，腿长腰细，跟全副武装两眼发绿解剖尸体时，完全两个样子。

冯甜刚换好白大褂，听说蓝非原要她检查连小元，当即就把连小元拉进法医室，关上了门，片刻之后，里面传来冯甜的吼声："要死了哦，连小元，你伤成这样也不去医院，真等着我解剖你呢？"

蓝非原脸色一变，心揪了起来。

最终连小元还是被蓝非原拽去了医院，按冯甜的吩咐去拍了片子，果然，肋骨多处骨裂，骨膜撕裂损伤，若是不静养，导致骨裂处移位，就必须得手术了。

医生要给连小元清理外伤创口，连小元脱了外衣，只穿着内衣，她活动量大，平时穿的都是运动式内衣，健身房里都这么穿，她这么穿着在蓝非原面前倒也不觉得不好意思。

医生是位阿姨，看到她脱掉外衣，忍不住嚷嚷："小姑娘，你这明显是被人打的？"说着眼睛朝蓝非原身上瞥，表情厌恶起来，"好好的小伙子，怎么打小姑娘？家暴犯法知道吗？"

也难怪阿姨嚷嚷，蓝非原看到连小元后背的青紫都吓了一跳，不忍地撇过头去，也忘记了去解释。

他知道连小元后背的伤是怎么来的，从伤口的位置能判断，那个跟她交手的黑面巾人，身高至少在一米八以上，常年习武，力道很足，否则不可能一脚将连小元踢成这样。

他握着拳头，皱着眉，对那个没见过面的黑面巾人的恨意，又加深了几分。

蓝非原不解释，连小元却不能容忍他被误会，尽管呼吸都疼，但还是忍着疼解释："不是的阿姨，我是警察，出任务的时候被打伤的，跟他没关系。"

"哦，警察同志。"阿姨说话的口气，立刻染上了敬意，下手也轻了几分，"你们不容易，女娃娃也当大男人使，被打成这样，你妈妈看到了得多心疼？"阿姨说着，站起身来，"我先去药房给你拿点止痛药，这个伤不吃止痛药是受不了的。"

"不要，不要。"连小元伸手过来，拽住了阿姨，讨好地笑，"阿姨，别给我开止痛药，那东西吃了脑子不清楚，我还有案子要跟呢。"

阿姨一脸为难："不吃止痛药，怎么受得了？"

"受得了受得了，我天生痛感比较弱，也不觉得怎么痛的。"连小元拖着阿姨的手，不肯松，阿姨只好答应了。

蓝非原一言不发，看着连小元闹腾，有些受不了地扯开她拉着阿姨的手，皱眉吼她："赵小胖子，你想干什么？警局又不是只有你一个人，这个案子也不是只有你一个人在查。"

"可是你身边只有我一个人。"连小元看着他，发白的脸上表情坚毅得让人不忍责备她。

【第十章】
我想轻吻你

要是时光能够倒流，我不跑。
找不到你的那三天，太痛苦了，
我不想再体会一次。

1

蓝非原看着她，眼圈瞬间红了，转身离开了病房。

赵小胖子从小就是非常倔的一个人，她认准的事情，九头牛都拉不回来，她要咬的人，即便是赵越怒吼着、发狠地扯着她的耳朵让她松口，她也不松。她说了她会保护他，就真的不只是说说而已。

没法劝，劝也没用的。

蓝非原站在病房外，用了很长时间抚平自己躁郁的心，然后耐心等着医生出来，跟着医生去办公室，让她给连小元开止痛药。

"病人要是不肯吃，不能强迫她，万一因为挣扎呛到了，引起咳嗽，震动裂口更麻烦。"卫生阿姨嘱咐蓝非原。

蓝非原点了点头，拿着药单去药房拿药。

取完了药，回到病房，连小元已经穿好了上衣，正躺在床上休息，见他进来，弯起唇故作轻松地笑。

"我没事的，你别哭丧着脸……"

她话没说完，蓝非原已经来到病床前，俯身吻住了她的唇。

她睁大着双眼，看着他的俊颜在自己面前放大，唇上柔软而微凉，脊背处蹿出强烈的酥麻感，一瞬间流遍了全身，她僵直着身子，不敢动了。

蓝非原抓住机会，撬开她的唇，将早就含在口中的药送进她的口中。

微苦的药片唤回了她片刻的理智，她推开他，刚准备吐出药，他就捏住了她的嘴，用半是威胁半是哄骗的语气，轻声说："你要是敢吐，我就一直吻你，直到药片在你嘴里化了为止。"

连小元立刻就把药片吞进了肚子里。

刚才那个突如其来的吻，已经惊吓得她快要挺尸了，再来……而且药片化掉那么久，她可能真的不用治疗了，直接拉去给冯甜解剖，死因是心肌梗死。

蓝非原看到她吞咽的动作，满意地扬起唇，笑了笑："真乖。要喝水吗？"

她机械地点了点头。他拧开矿泉水瓶盖，自己喝了一口，俯身嘴对嘴喂给了她。

奇异的酥麻感再次传来，微凉的唇和清甜的矿泉水似乎融为了一体，她有点上瘾，完全忘了其实她并没残废，完全可以自己喝水的。

她吞下那口水，眨巴着眼睛，有点羞涩地问："还……还是有点渴，能再喝一口吗？"

蓝非原今天大概铁了心要惯着她，完全没去想她的小心思，又喂了她一口。她喝完，"嘿嘿"笑起来，舔了舔嘴唇："真好喝。"

殷红的小舌舔嘴唇的动作，让他有点燥热，表情不自然地拍了拍她的脸，起身离开了病房。

待蓝非原冷静下来，再回到病房，连小元已经睡着了，双手举过头顶睡觉的模样，还真是让人有些不敢恭维，他走过去，坐在床边，拉过被子给她盖好。

他的动作惊动了连小元，她睁开眼睛看到是他，才放下心来，又重新闭上。也不知道是不是因为药物让她的脑子真的有点不清醒了，她看起来比平时要柔软些人。

她伸手抓住了他的手，两只手握着，放在枕边，像抓住自己最心爱的东西。

"蓝小非，别走。你一离开我的视线，我就害怕。"她喃喃着。

蓝非原其实并不是一个感情多么丰富的人，大多数时候，认识他的人都会觉得他有点冷情。可是此时他觉得自己的心柔软极了，这是很久都没体会过的感觉，他没抽回自己的手，反而用另一只手拍拍她的脸："我不走，放心睡吧。"

"蓝小非……"她放心地睡着，半梦半醒，还在嘟囔，不知是梦话，还是清醒时说的，"要是时光能够倒流，那一次，你还会让我先跑吗？我太笨了，记不住路，干吗让我先跑？"

蓝非原皱了皱眉，很快会意过来，她说的是哪一次。

那一次确实凶险，赵小胖子跑掉之后的三天，他被绑匪关在一处地窖里，双腿被生生打断，肋骨断裂，大口大口地吐血，身上全是藤条抽打过的瘀痕，每一分每一秒他都以为自己死了，可是却没有。

他恨过跑了三天没来救他的小胖子吗？

恨的。

那三天他想到赵小胖子就咬牙切齿，可是问他后不后悔，他是不后悔的，赵小胖子平安，总比他们两一起遭受这种厄运要好。

他反握了握她的手，轻声说："别胡思乱想了，睡吧。"

连小元将他的手抓得更紧了，眼泪顺着眼角滴下来，滴到他的手上，滚烫滚烫的，她在睡梦中边哭边喃喃："蓝小非，对不起，对不起……"

她一直喃喃着跟他道歉，这个场景她在梦里演习过千万次，终于也在梦中，对他说了出来。

他听她一声声说对不起，终于不忍心地给她擦了擦眼泪，叹了一口气："我不后悔，要是时光能够倒流，我还是会让你先跑。"

"要是时光能够倒流，我不跑。"连小元喃喃着，"找不到你的那三天，太痛苦了，我不想再体会一次。"

心又被柔柔一击，蓝非原摸着她柔软的短发，不知该说什么。

连小元就这么握着他的手，流着眼泪睡着了。

2

一上午都在医院里度过的，下午，小李给连小元打电话，问她的伤势怎么样。

连小元半躺在床上，头还有点昏沉沉的，说话的声音有点沙哑："休息一下就没事了，你跟头儿说一声，我今天就不去局里了。"

她自己明白的，以她现在混混沌沌的脑袋，去了局里也帮不到什么忙，而且蓝非原也在她身边，她这个假请得理所应当。

蓝非原听到她请假，欣慰地朝她点点头，给她倒了杯水，夸赞她："真乖。"

连小元看到蓝非原递过来的水杯，突然就想起了，早上他给她喂药时的那个吻，心脏开始不受控制地怦怦跳，嗓子发干，哑得几乎说不出话，眼神慌乱得也不知道该往哪里看。为了掩饰这一切，她咳嗽了一声，故意大声问小李案子的事。

"那个，刘天祥的验尸报告出来了吗？"

"冯甜给出了初步的报告，有些地方挺古怪的，头儿、局长还有冯甜正在开会。我们所有的人都在看资料，刚搬到五华路后面的那个龙腾公墓，原本以为葬着几百号人，结果资料调过来，发现有上千，堆了半间办公室，看得眼睛都要瞎了。"

对于小李的抱怨，连小元只能表示同情，可是转头一想，她躺在病床上也能看资料啊，反正闲着也是闲着。

她准备让小李给她送一箱过来，可是小李显然没空，蓝非原将她按在床上，坚决地说："我去警局拿吧，也不用送来送去那么麻烦了。"

"你一个人去警局？"连小元挂掉了电话，看着蓝非原，语气明显不放心。

蓝非原有点忍无可忍："从这里到警局才多远？我开车去，中途不下车，不乱跑，这样可以吗？"

连小元听他这么说才放心了一些，点了点头，但是看到他走出去的背影，还是扯着嗓子追加了一句："千万别乱跑啊。"

蓝非原在走廊上磨了磨牙，被当成小学生看待的感觉真是不太好。

到了警局，蓝非原去办公室里看了一眼，果然看到堆得到处都是的纸箱子，小李、大冬还有来支援的警察一人一个箱子在翻看，一片兵荒马乱的景象。

他见小李正聚精会神忙着手头上的工作，就先没去找他，闪身去了停尸房。

3

停尸房里只有秦磊在清理解剖台，他在外面敲了敲玻璃，秦磊跑出去，看到他，奇怪地问："蓝律师，你有事吗？冯老师去开会了。"

秦磊刚被分到局里没多久，一直跟着冯甜，算是冯甜带出来的徒弟，平时都叫冯甜为老师。

蓝非原往里指了指："我想看看刘天祥的尸骨。"

秦磊摘下口罩，露出一张俊朗的脸，对蓝非原摇了摇头："尸骨是看不了了，被带去做病理实验了，不过，我这里拍了很多照片，蓝律师可以先看看。"

蓝非原点了点头："麻烦了。"

秦磊拿了相机给蓝非原。

蓝非原接过相机，打开一张张翻看，眉头越拧越深。

这个人高马大的男人，在别人墓穴中埋了六年，已经完全白骨化了，白骨堆积叠加装在一个破旧的行李箱中，里面有腐烂的布料，应该是他的衣物，而最惹眼的就是附着在腐烂布料上的白色胞状物。

蓝非原指着相机上那白色胞状物，问秦磊："这个东西，还留着吗？"

"留着的。"秦磊说着往停尸房里走，走到里面的柜子前停下，拉开一个抽屉，里面全是用自封袋装着的各种证物，他小心翼翼在编着号的自封袋堆里翻了翻，抽出一个袋子，递给蓝非原，"唐队对物证要求特别严格，案发现场、抛尸现场，就算是一坨鸟屎，我们都不能丢的。这一堆是我整理好的藏尸行李箱里的东西，物证科的同事还没来拿呢。"

就是因为这样严苛的要求，所以唐御臣的破案率在全市是最高的。

蓝非原接过袋子，透过透明的自封袋看着里面的胞状物，这是一块真菌，学名叫马勃，也是一味中药，主要功能是止血、利咽。

只不过这种菌子盛产于内蒙古、辽宁、甘肃、湖北一带，S市并不常见。

蓝非原皱着眉，将自封袋交还给秦磊，说了一声"谢谢"，转身去了物证科。

4

蓝非原离开医院不到十分钟，连小元病房里迎来了一个特殊的客人。

梅赋穿着他的招牌店服走了进来，看见连小元病恹恹地躺在床上，黑黑的两条眉就拧了起来，大惊小怪地叫："怎么是你？怎么受的伤？你去找那伙诈骗犯了？不会是被打了吧？"

连小元听到嚷嚷声，觉得耳熟，就抬了抬眼皮，看到是那个见了几面的聒噪比萨小哥，忍不住皱了皱眉头："我没叫比萨。"

"反正病房没错，你没叫，没准是你男人叫的。就是每次见你，都跟你在一起那个，像个富贵公子哥一样的男的。你都住院了，还给你吃比萨，啧啧，这男人也是小气。要是我的女人住院了，我一定每天亲手煲爱心汤，然后亲手喂给她喝，把她宠得像公主。"梅赋说着自来熟地走过来，路过床头挂着的病历本，还拿起来看了一眼，再佯装无事地放下，走到床头柜前放下比萨，笑嘻嘻地看连小元，"趁热吃，我们店的招牌比萨，好吃着呢。"

连小元懒得招呼他，就对他挥挥手，示意他送完东西就快走。

梅赋却不走，朝她伸了伸手："比萨一共六十三块，给你打八折，五十块四毛，再给你抹个零，五十块谢谢。刷卡还是现金？"

连小元伸手去床头摸外套口袋，但是睡得久了身体有些僵硬，摸出来的钱包掉在了地上，梅赋眼明手快跑过去捡了递给她。

她伸手接钱包，手不经意地碰到了梅赋的手，对方的手很热，跟他的脸一样，透着蓬勃的朝气，整个人像个热情的小太阳。

她看着这样的一个小哥，突然想起了那个一年四季手都冰冷的人，不知道为什么很想握紧他的手。

她垂着眸，神色郁郁地从钱包里抽出五十块纸钞，递给了梅赋。

这一次梅赋接钱的时候，又一次碰到了她的手。

连小元抬头瞪他。

"谢谢惠顾。"没脸没皮的比萨小哥，扬唇一笑，样子有点坏，"小手真滑。"说完，飞快地提着外卖箱跑了，留下不能做大动作的连小元躺在病床上看着他的背影，干瞪眼。

5

蓝非原来到物证科，物证科的两个警员忙得脚不沾地，没人看到蓝非原进来。蓝非原四处看了看，看到门口的几个筐子里按外观分好类的菇类，就蹲下来仔细看了看，果然也找到了马勃，脑中似乎有什么一闪而过，他站了起来，转身去找冯甜。

冯甜正在跟郭局还有唐御臣开会，蓝非原推开会议室的门，径直走到了冯甜面前，急促地问："在检验刘天祥尸骨的时候，你是不是发现了第二个人的血液？'

三个人本来在聚精会神地开会，蓝非原猛地闯入，让大家都愣了一下，冯甜更是吓了一跳，愣了几秒才点了点头："没错，虽然DNA结果还没出来，但是我测了血型。根据记录刘天祥的血型是 O 型，在他衣服上找到的第二个血液样本为 AB 型，可以确认不是刘天祥的。"说完，她想了一下，又飞快补充，"当然，我也确认了高云的血型，也是 O 型，所以也不属于高云。"

蓝非原皱了皱眉头，自己的猜测得到了验证一般，但是他的表情却一点也不轻松。

唐御臣抬头问他："你是不是发现了什么？"

蓝非原点了点头，眉头拧得更深了："我知道凶手杀人的动机和幻想了。"

会议室里的三个人，表情变了变，都不自觉地坐直身子，认真地听他说。

"凶手有精神疾病，导致自残行为，这种精神疾病可能是源自家庭暴力。根据他杀戮的对象推断，对他使用暴力的是他的父亲，而杀戮规律又表明梅雨季时期他遭受的暴力行为最为密集，有可能他的父亲已经去世，他却无法从这种暴力阴影中逃脱，所以他每到梅雨季便会自残。

"他自残所以会有血液沾在刘天祥衣服上，因为当时他身上就带着伤口。他自残之后用马勃止血，有可能是因为他的母亲在他遭受过暴力之后，给他用过马勃。马勃对他来说，不但是止血的良药，更是治疗他精神创伤的良药。母亲去世之后，更加重了他对马勃的依赖，所以他可能一直都在种植马勃，所以，所有装尸体的箱子中都有马勃孢子。孢子无法完全清除，环境适宜便会生长，他为了不暴露这一点，同时撒了别的菌类孢子在箱子上，所以箱子才会长出那么多菌类。

"这种虐待后滋生出的精神异常，不会因为他的补偿行为而变好，只会越来越重，当他发现普通马勃无法为他'止血'，他在梅雨季就变得更加躁郁，他必须得到新的补偿。目睹高云杀害刘天祥便是他的触发点，他将刘天祥当作父亲的替身，疯狂地虐待尸体，并幻想用人血浸泡过的马勃，更有止血效果。他在用受害者的血为自己种植马勃。"

他的话音落下，会议室里寂静一片，最后是唐御臣打破了寂静："他肢解了刘天祥的尸体，后来却又绑架杀害了丁德海，是不是因为刘天祥不是他亲手杀的，所以还是无法满足他的幻想？"

蓝非原看他一眼，目光中有一丝赞许："没错，杀人犯都需要给自己一个定位，特别是这种条理清晰的幻想型杀手。他因为从小遭受虐待，恨透了他父亲那样的人，因此他将自己定义为社会清道夫。他在梅雨季杀戮这样的人，用他们的血浇灌他的马勃，再将他们的尸体清洗整理干净，用体面的木箱子装好，抛尸在风水好并且围绕着母亲墓地周围的地方，他希望母亲为他感到骄傲。"

冯甜看着蓝非原，眼中的星光越来越明显，她站了起来，有些振奋：

"现在 DNA 有了，又有这么清晰的定位，查一查所有家庭暴力的档案资料，对比 DNA 是不是很快就能破案了？"

唐御臣却没有她那么乐观："凶手若是在梅雨季遭受的暴力比较集中，说明他的父亲是户外劳力者，农民或者建筑工人等，梅雨季便闲在家里，暴力升级。底层人群对家庭暴力的认知，还停留在家务事上，家丑不可外扬，报警的是少数，更别说采集 DNA 样本了。"

唐御臣说完，郭局也叹了口气，语气沉重："中国有句歇后语——阴天下雨打孩子，闲着也是闲着。说是玩笑话，我看来啊，根本就是将子女私有化，封建社会糟糠，丑恶的社会现象。"

"还有一件事。"蓝非原说到这里顿了一下，目光冷了下来，表情从肃然变得阴冷，"这个案子的凶手无论怎么看都没有替丁香找回受骗房款的能力，有人在暗中帮助操控他躲过追捕，那个暗中操控的人打伤了小元，也有可能……"他似乎想说什么，终究还是没说，摇了摇头，"目前的证据，只能推断出这么多……"

只能推断出这么多……

太多了！

他看着窗外的夜色陡然怔住，今天一天发生的所有事情，如过山车一样从他脑中呼啸而过，片段与片段相撞，如雷雨夜中两团相撞的云，摩擦出闪电，将原本藏在暗处的东西照得明亮，但也只是一闪而过，他看不清那些到底是什么。他在突然亮起的光亮中不寒而栗，那光亮瞬间照亮，又重归黑暗的地方，藏着的到底是什么？

心跳陡然间加速，他摘下眼镜，揉了揉太阳穴，将脑海中那些可怕的、一闪而过的念头埋藏起来，什么都没说，转身离开了。

———————————— 录音 ————————————

"你不都已经试探过她了吗？怎么还要去医院见她？"

"总觉得不放心。"

"反复无常的小东西。"

"不要生气，不要生气，这次真的是最后一次。毕竟，要把你分给她……"

"好吧。你自己小心一点。"

"嗯。"

【第十一章】
不像发小的男女关系

这两个人说对方只是单纯的发小，可是谁信啊？不管是连小元对蓝非原的关心程度，还是蓝非原对连小元自然而然的迁就，看起来都不一般，可偏偏他们两个浑然不觉。

1

　　蓝非原带着两箱子墓葬资料回到医院时，连小元正坐在床上瞪着病房门口着急，见蓝非原推门进来，才松了一口气，但还是不满地嚷嚷着："从这里到我们局里，就十五分钟的路程，来回顶多半个小时，你怎么去了一个小时？"

　　蓝非原手里抱着纸箱子，不想跟她吵，就随便找了个借口："路上堵车。"

　　"这个时间，就算堵车也不可能堵半个小时。"连小元瞪着眼睛，像只发怒的猫。

　　蓝非原将纸箱子放在旁边的空病床上，抽出一沓资料放在她手上，目光柔和而有耐性，却不想回答她的追问："看吧，小李他们确实快被这堆纸搞疯了，正全体批判公墓这种生在科技时代却不使用网络资料库的落后行为呢。"

连小元接过那沓资料，随手翻了翻，脸上却还是郁郁的，最终还是忍不住抬头看他，因为睡得足而光彩了不少的小脸上，满满都是不放心："蓝小非，我知道追得太紧挺烦人的……我只是有点担心，毕竟你现在太危险了……半个小时能发生很多事。"

蓝非原放下手里的资料，他本来不想提案子的新进展，想让她安安心心休养一天的，但是照这个势头看来，这小妮子不知道真相，反而更加无法安心了。

"好吧。"他叹了一口气，将冯甜在刘天祥衣服上发现第二个人的血液，自己发现马勃，还有对犯人的新侧写跟她说了一遍。

连小元听着连连点头，一脸的骄傲："蓝小非，你这脑子是怎么长的，一点点小事，就能联想到那么多。"

"这并不是凭空联想。"蓝非原看她，不知道为什么，同样是谈论案情，跟别人说起时，自己会觉得压抑，而看着赵小胖子这张生动的小脸时，却没那种压抑感，反倒因为她脸上的骄傲，也觉得自己做的事情非常有意义。

他说："我父亲，在第一次接到案情资料时，曾经批注过，需要知道箱子上菌类的具体类别。只可惜刚开始几起案子的办案民警不在意，将菌类拔了扔掉了，只留了箱子，父亲只凭借着图片粗略做过分类，但是父亲并不是生物学家，所以仅凭他的判断他觉得不严谨，就在图片上打了一个问号，想以后找个相关专家咨询一下，后来案子一多，这个案子就搁置了。我一直记得那个问号，所以去看了一些关于菌类的书籍，认得大多数的菌类和它们的作用，才能快速做出判断。而至于推断犯人自残和家庭暴力，也是有统计数据支持的，是无数我父亲这样的先驱的研究成果，我只是看书多，记忆力好一些而已。而且这些只是辅助，要抓凶手，还是要靠你们队里的人。"

连小元笑眯眯地听他说，抬手摸了摸他的头："我们家蓝小非，就是谦虚。放心吧，我队里的小伙伴们也不是吃素的。"

软软的手带着茧子，拂过头发的感觉有些奇异，蓝非原皱了皱眉头，拨开她的手，别扭地移开视线，目光触及病床另一头床头柜上的比萨盒，不悦了起来："晚上怎么能吃比萨？"

连小元也看了眼比萨盒，目光古怪："不是你给我订的吗？我还没吃呢，想等你来跟我一起吃。"

"我没有订。"蓝非原站了起来，走向比萨盒，看着比萨盒上的文字，眉头皱得更深了，"谁送来的？"

"梅赋。"连小元说着也去看比萨盒，她之前还没注意，比萨的口味是鲜菇培根。看到"鲜菇"两个字和盒子上印着的蘑菇，她就想起了抛尸箱子上的长满的菇类，突然有些犯恶心。

"鲜菇培根比萨，你觉得这是巧合吗？"蓝非原看着她。

连小元摇了摇头，若是蓝非原没订比萨，那梅赋怎么知道她在这家医院？同事们只知道她在医院，也并不知道她具体住在哪个病房，梅赋却是直接找到了她，似乎熟门熟路。

再想想，梅赋出现的几个时间点：第一次她在蓝非原家门外守着；第二次她和蓝非原去找丁香，他提供了丁香的背影照片；第三次就是在这病房里。

"这个梅赋恐怕不只是一个卖比萨的，这么简单，以后看到他要小心一些。"蓝非原提醒连小元，然后将比萨扔进垃圾桶里，转身出去订了一些营养美味的私房菜。

萝卜猪小排汤熬煮得十分鲜美，连小元足足喝了三碗，米饭也多添了一碗，胃口好得不像个病人，来查房的医生看得惊奇，蓝非原却真是见怪不怪。

赵小胖子从小就贪吃，泡面也能吃出山珍海味的架势来，更何况这家的私房菜，可是真材实料，有口皆碑的好吃。

只不过他有些好奇，她这么能吃，怎么就瘦了呢？

"你在警局里到底吃了多少苦，才瘦成这样？"他只能往这方面想。

"哎呀，其实进警局之前就已经瘦了，确切地说是上大学开始瘦的。我想当警察嘛，没体力怎么行？就拼命地练，练散打、练自由搏击，跆拳道和泰拳也练过，练了一年多就瘦了三十多斤。练得我妈都哭了，抱着我让我长胖点，说怕我再这么练下去会长喉结长小JJ，我妈也是逗，我是体能训练，又不是变性。你看，我现在多好，看着瘦，其实都是肌肉，不信你看。"她放下碗，撸起袖子，"你看我的肱二头肌。"然后掀了被子，撩开上衣，露出雪白的肚皮，"你看，我的马甲线，你看……"

蓝非原满头黑线，一把拉住她艰难撩裤腿的手，郑重地说："不用再看了，真的。"

连小元这才怏怏着停止展示自己的身材。说真的，她觉得自己目前的状态很好，而且身材比以前棒了不是一点两点，她希望得到蓝非原的肯定，推翻她在他心里的"赵小胖子"这个设定。

见她表情怏怏的，蓝非原有些不忍心，安慰她一句："其实瘦点也好，只要健康。"

"健康得很。"连小元得到安慰又开心起来，"通过锻炼瘦下来不知道多健康，而且谁说肌肉是男人的权利，女人长肌肉就丑了？我就一身肌肉也不丑，而且真的没长小JJ。"

蓝非原扶了扶额，他有点后悔安慰这个不知廉耻的小浑蛋了。

2

吃过了饭，两个人一人一张病床，躺着看那两箱资料，中途蓝非原让连小元给五哥打电话，问问木箱查得怎么样了。

知道木箱的来历，也许能大大缩小排查范围，不止蓝非原重视，唐御臣和郭局也很重视。

也幸好负责查木箱的是五哥，有耐心连续好几天盯一件毫无进展的事，若换了小李，早抓狂了。

电话那头的五哥有点欣喜："我刚从S市大学的程教授的办公室里出来，他说虽然刻得十分业余，但可以确认是内蒙古地区古时候惯用的图腾，刻的放牧图、驯马图、摔跤图，都是内蒙古当地的特色活动图。"

挂了电话，连小元开心不已："至少范围缩小很多了，我们只要查公墓里埋葬的来自内蒙古的年长女性就可以了。"

蓝非原点了点头，补充一句："查到这名女性，就能查出她的家人，也就找到了凶手。"

连小元撸起袖子，元气满满："那我们还等什么，开干。"

蓝非原实在受不了她粗鲁的措辞，忍不住放下资料，侧头看她，眼神有些痛心疾首："能文雅点吗？"

"开干！开始干活！怎么不文雅了？"连小元朝他挤挤眼，"难道你想到了别的？"

她挤眉弄眼的动作、暧昧的表情，那种暗示再明显不过，蓝非原本应该不理的，但是不知道为什么，那种暗示联想，让他喉头一紧，竟抑制不住地浑身燥热。

他表情古怪地起身走出病房去透气，连小元以为他生气了，连忙在他身后大声嚷着："我开玩笑的，这就生气了？你真是越来越小气了，蓝小非！"

蓝非原其实也有些郁闷，最近几天，他到底是吃错了什么药，竟然屡次被这个被自己设定为无性别的家伙搞得如此狼狈。

两人分头看资料，主要是看墓主人的祖籍，祖籍不详的，就打电话给家属询问，真的是个苦差事。

蓝非原的阅读速度原本就很快，很快就将自己那一箱子看完了，然后再来分看连小元那一箱子。十五分钟之后，他将几页没写祖籍的墓主人资料递给连小元，让她集中打电话。

这样一来，效率高了不少，两箱子资料速战速决，蓝非原想将它们送回局里，再搬几箱子过来，可是这个时候已经是晚上了，连小元说什么都不肯让他一个人单独行动，挣扎着从床上起来，绑上原本不太愿意绑的胸带，套上外套，跟着他一起出门。

蓝非原看她走出病房，有点担忧："疼吗？"

"疼倒是不疼，就是躺得太久，全身发酸。"连小元龇着牙笑，走了两步上前挽住了他的胳膊，将身体的重量，交了一半给他，"你要是心疼我，就扶着我点。"

这个姿势太亲昵，像一对热恋中的情侣，蓝非原脸上发热，表情别扭，却没推开她，小心地承担着她身体的重量，缓慢朝前走。

其实，伤口还是疼的，但是连小元这种粗神经的单细胞生物觉得只要能忍受的疼，就不算是疼，所以尽管疼着，她还是能笑得出来，而且能挽着蓝小非的胳膊走路，这种感觉实在太好了，疼痛什么的完全可以忽略。

因为连小元还在住院期间，离开医院要到前台登记，来到一楼，蓝非原去登记，连小元在一旁等着。

就在这时，一个大学生模样的男生，跌跌撞撞地跑进大堂，男生空着手，戴着大大的黑框眼镜，皮肤白净，长相看不太清，用手捂着头，手上脸上全是血。

职业习惯让连小元瞬间警觉，第一时间跑过去扶住男生，问："怎么回事？"

"我被抢了，抢匪用砖头砸了我的头。"男生的声音异常好听，山泉水一般清澈，就是太虚弱，让这种清澈多了一分空灵，他说着指了指门外，"就在医院外面。"

"有没有看见他往哪儿跑了？"连小元急急地问。

"往北。"男生说着，痛苦地呻吟了一声。

这个时候，早已有护士过来扶男生去急诊室，连小元放开手，就往门外跑，被蓝非原一把拉住。

"你自己身上还带着伤呢，就要去冲锋陷阵？"蓝非原挑了挑眉，满脸不悦，"况且这个时候就算追出去也追不到人，不如打电话去局里，让你们同事来处理比较好。"

经他一提醒，连小元才感觉到刚才自己动作过大，扯到了骨裂处，现在果然疼得要死要活的。

她快快地停住脚步，给局里打了电话。

这个小插曲会有其他组的同事来处理，连小元跟蓝非原去局里，干脆就没回来，全员窝在了休息室，熬夜。

这一晚上大家见识到了蓝非原的阅读速度，每个人都叹为观止，目测要看一整夜的资料，用了三四个小时，就全部搞定了。

"蓝律师，你简直就是一台人形电脑。"小李黑着眼圈，捧着咖啡，赞叹地看着蓝非原。

大冬、五哥，连同不知道什么时候调派回来的小冬，一起点头。

蓝非原合上最后一本资料，将自己整理出来的一些没有填写祖籍资料的墓主人，交给小李让他天亮了打电话核实。

虽然提前完成任务，很值得庆祝，但是疑似目标目前依旧不少，不算还未来得及核实的，也有五个，都是祖籍是内蒙古的年长女性，死亡时间都是第一起案子案发之前一两年，且年纪也都能对得上。

也就是说天亮了还是需要挨个地去查。

不过，这也算是一大突破，所以尽管熬到了半夜，每个人脸上的表情依旧是兴奋的。

今天算是告一段落了，蓝非原要带连小元回医院，一转头，却怎么也找不到她的人了。问小李，小李打着哈欠说："去洗手间了吧，刚才看她往那边走了。"

蓝非原起身，走出休息室，准备去洗手间门口等她。

路过走廊，看到唐御臣在打电话，平日里英姿飒爽的警察，此时脸上的表情柔软得不像话，头顶上的灯光照着他的脸，将他的五官映得格外明亮，宛若这茫茫浮世中的一盏明灯。他对着电话说："不要等我了，你先睡，明天不是还要拍戏吗？听话。"

蓝非原只看了他一眼，就知道他在跟谁通电话。

他其实是羡慕唐御臣的，身为刑警队长，整日浸泡在命案中，看到的听到的接触到的都是黑暗，却依然还能有那样明朗、柔软的笑，眉宇之间总带着正气，整个人英姿勃发，似乎从不会惧怕黑暗，黑暗也从不曾动摇过他的信仰。

他这样一个人，真的值得别人去爱的。

3

蓝非原看着唐御臣，脸上的表情似乎结了冰，他转头朝另外的方向走。

最终他走到警局一楼的长凳前坐下，周围亮着灯，并不黑，他却如同身处冰窖，漆黑冰冷，伸手不见五指。

他睁着眼睛，依旧觉得眼前很黑，他看不到前方的路，索性闭上了。

小施要嫁人了，尽管他刻意不去关注她的消息，也还是无法忽略这个事实。

这些年唯一让他觉得温暖的一个存在，也要从他身边消失了。

可是他并没有那种痛彻心扉的感觉，就像刚刚得知她与唐御臣恋爱时一样，只不过是觉得失落，一段时间之后，就十分平静地接受了这个事实。

失去不觉得痛苦，得到也没有欣喜，正常人该有的情绪，那种

大起大落，大悲大喜，他都感觉不到，不知道从什么时候起一直就
是这样……

"小非，我让你出院，并不是说明你已经好了……其实你的状况
依旧很严重，你只是被医治得看起来像个正常人一样……"

他的心理医生这样跟他说。

看起来像个正常人一样……

看起来——只是看起来像而已。

他闭着眼睛，想着他细心照顾了那么多年的小施，想着将小施托
付给他的挚友，努力地想要伤心，可是心里终究只有一片空洞。

他又试着想小时候，想寻亲、想赵越，难过的情绪似乎回来了一点，
再想想跟赵小胖子一起度过的一个个暑假，他的嘴角又弯了起来。

果然，他只对他的记忆城里的人和事有感觉，他的心不知道什么
时候起被封印在了那个城市里，对外在的世界再无感知能力了。

可是那个城市里的人和事都已经离他远去了，他除了大脑中自己
创造的记忆城，身边能抓在手上的，只有赵小胖子，只有她了。

这个认知让他惊出了一身冷汗，慌忙站起来，往女洗手间方向走。

4

连小元确实在女洗手间里，不过不是她一个人，还有小冬。

小冬是被连小元强行拉进来的，第一次进女洗手间有点紧张，
不停地朝门口张望，还压低声音问连小元："什么事不能在外面说？
万一被人看到，我的一世英名可就毁了。"

"这半夜的，不会有人看到的，放心放心。"连小元安抚着小冬，

为了防止他跑了，一只脚踩在洗手池上，将他圈在洗手池和墙壁形成的角落里，一副恶霸强抢民女的架势，"我就是想问问，那个在网上发帖，散播蓝叔叔已经殉职的人查得怎么样了？在外面问，怕蓝小非听见。"

"蓝小非是谁？"小冬狐疑地看她。

"就……就是蓝非原。"不知道为什么提到他的全名，她有点嘴软。

小冬秒变八卦脸，暧昧地拖着长音，"哦"了一声。

"蓝小非是小名吧，你们关系果然不是一般的好。怪不得我哥说你上学那会儿跟他交往就是闹着玩的。"

小冬比大冬要小一岁，却是同级，虽然不在一个学校，但是大冬跟连小元刚交往的时候，是十分上心的，总想让小元多接触接触他的家人，所以跟小冬混得也熟，小冬熟知他们两个的整个恋爱史。

虽然那段恋爱史只短暂维持了两个月，就变成了哥们情义。

有一次大冬在家里喝醉了，跟小冬诉苦，说："小元她心里有人，跟我在一起根本就是闹着玩的。"然后，一个大小伙子在家里哭得稀里哗啦的。

小冬那段时间也特别讨厌小元，只是后来大冬解开心结，跟小元和解继续做哥们，他才慢慢原谅她。

"你哥都要当爹了，再提这个还有意思吗？"连小元对大冬确实心有愧疚，但是两个人早就没什么问题了，往事早就该翻篇，不应该再提，"快说快说，我腿都酸了。"

小冬提到这个就义愤填膺："那人真的是太狡猾了，黑了别人的服务器，留了一堆假线索给我们查，跟耍猴一样耍着我玩。"

"也就是说什么都没查到？"连小元有点失望。

"也不能说什么都没查到。"小冬卖了个关子，"只不过现在还不能说。"

连小元拳头握得"咔嚓"响，做威胁状，咬牙切齿地问："你说还是不说？"

"好吧，好吧。"小冬最终屈服在小元的淫威之下，"偷偷告诉你，你和蓝律师刚刚查完丁香那会儿，头儿就让查房产诈骗的同事，顺着丁香的房款这条线查，那伙诈骗犯的踪迹已经找到了，现在就指望着能从诈骗犯的口中，找出那个网络黑客。"

虽然不太理想，但总归也是个进展。连小元放下腿，大手一挥放小冬走了。

小冬"千恩万谢"地闪人了，一开门正好撞见了来找人的蓝非原。

蓝非原看见小冬，第一反应是抬头看女洗手间的标志，确认自己没看错之后，才又看向小冬。

场面实在尴尬，小冬正准备解释，连小元抚着胸口从里面走了出来，三人目光相撞，气氛微妙了起来。

蓝非原挑了挑眉，看了看连小元，又看了看表情尴尬的小冬，清了清嗓子问："我是不是该当作什么都没看到？"

小冬率先反应过来，连连摆手："我们两个什么都没干。"

连小元也摆手："他说得没错，我们是清白的，就是聊聊天而已。"

虽然不知道这两个人吃错了什么药，但是这话里，满满的都是"有什么"的暗示，让蓝非原觉得不太舒服。

"在女洗手间里聊天？"他冷着脸看着连小元，"你又在搞什么鬼？"

"没搞什么鬼。"连小元"呵呵"笑着，"我能搞什么鬼？你多心了。"她说着上前挽着蓝非原的胳膊，做虚弱状，"哎呀，我觉得伤口开始疼了，我们还是快点回医院吧。"

这小妮子有什么事瞒着他。蓝非原扫了"虚弱"的某人一眼，虽然心里不太痛快，但是又怕她活动过量，骨裂处移位，决定暂时先不跟她计较，早点带她回医院里躺着。

"那好吧，我们回医院。"蓝非原一只胳膊被她挽着，另一只胳膊扶着她，缓慢往前走。

看着两人离去的背影，小冬松了一口气，可是随即又笑了起来。

这两个人说对方只是单纯的发小，可是谁信啊？不管是连小元对蓝非原的关心程度，还是蓝非原对连小元自然而然的迁就，看起来都不一般，可偏偏他们两个浑然不觉。

真是一对奇葩。

小冬摇摇头，拖着疲惫的身子，转身回办公室了。抓诈骗犯的同事连夜在外出警，他要待在局里等消息，今晚估计又是一个不眠夜。

5

连小元推开病房的门，发现她旁边的病床，有了新主人。

是个大学生模样的男生，白衬衣黑裤子，头上包着纱布，白衬衣上还有残留的血迹，黑框眼镜放在床头柜上，脸朝着门口，眼睛闭着似乎是睡着了。

连小元觉得他很眼熟，下一秒就想了起来，就是她离开医院之前碰到的那个被抢劫的倒霉蛋。

他跑进医院第一个碰到的是她，现在又跟她住同一间病房，还真是有缘分。

她忍不住走近他，低头看了几眼，一看之下，竟有些惊艳，这个男生长得实在是好看。

这种好看不同于唐御臣的英姿飒爽，也不同于蓝非原的清贵冷傲，他属于那种特别纯净自然的好看，像春天草地里开出来的小白花，清新自然得不掺杂一点杂质。

只不过他的眼角处有一颗泪痣，让他的纯净中无端地生出了几分妩媚。

这颗泪痣的位置跟蓝非原脸上那颗泪痣的位置一模一样，眼角下方，这个位置很奇特，生生能改变一个人的气质。

蓝非原也是因为有了这颗泪痣，不戴眼镜的时候，会有种冷傲花魁的错觉。

就在她胡思乱想的时候，去买夜宵的蓝非原推门进来。连小元兴奋地朝他招手，然后将不明所以的他拉到男生床边，上下打量他们两个，这才咂着嘴点头："这个肯定是你失散多年的弟弟。"

蓝非原低头看了看那个男生，也认出了男生是谁，不过他显然没有连小元的那种热情，推开她的手，走到她的病床前，将床上小餐桌搬过来在床边的架子上扣好，然后将食物摆上，这才回头看她。

"我妈妈在我五岁那年殉职，我父亲一直单身，我哪里来的弟弟？"

说真的，提到蓝宁远和蓝非原的妈妈，她就觉得难过，连忙抛弃了这个想法，走过来，坐在床沿，冲他笑嘻嘻地说："我胡说八道的，你别当真。吃饭，吃饭。"

蓝非原端着汤碗，回头看了一眼可能因为药物关系睡得正香的男生，脸色暗了暗，抬眸用不容反驳的语气对连小元说："明天换病房。"

这一夜可谓过得兵荒马乱，以至于连小元醒来时已是上午十点了。

她迷迷糊糊地从床上坐起来，看到睡在一旁的折叠小床上的蓝非原还没醒，病房的窗帘拉得严严实实的，室内光线有点暗，隔壁床的大男生戴着黑框眼镜，盘腿坐在病床上开着小灯在看书。

看到连小元坐起来，男生抬头推了推眼镜，对她笑了笑："你醒了？"

连小元点点头，指指窗帘："你怎么不拉开窗帘？"

男生放下书本，笑得有点羞涩："你们回来得那么晚，一定很困，我怕吵醒你们。"

真是贴心。

连小元对男生的好感立刻上升了许多，也冲他笑笑，问："你的伤怎么样？昨天我帮你报警了，应该有同事来找你录过口供了吧？你放心，医院门前那条路到处都是监控，很快就能抓到抢你包的人。"

"伤没什么事，医生说要观察几天才住院的。有警察来找我录过口供了，谢谢你帮我报警，我昨天真的吓糊涂了，竟然没想起来要先报警。"男生挠挠头，看着连小元，大眼镜后面的双眸亮晶晶的，看她的眼神也充满了崇拜，"听医生说你是警察，那你男朋友也是警察吗？你们真厉害。我小时候也想过当警察，但是体能太弱，考了几次都没考上，只能放弃了。"

连小元安慰他几句，这个时候蓝非原醒了，这位大少爷也不知道是不是做了噩梦，看到连小元跟男生聊得正欢，脸就臭得不行。

"为什么不叫我？"蓝非原皱着眉问她。他睡眠一向不好，也许是最近几天太累了，竟然一直睡到现在才醒。

身体是得到休息了，但是一醒来就看到，某小妮子对着别的男生笑得桃花朵朵开的样子实在太刺眼了，他的心情根本好不起来。

"我也刚醒没多久，既然你也醒了，我们就别磨蹭了，赶紧去局里。"连小元起身拉上床与床之间的布帘，脱了病号服绑胸带。

"去什么局里？医生还没允许你出院呢。"蓝非原揉了揉太阳穴，医院给家属使用的折叠床很小，而他太高，窝在上面看起来十分憋屈，可是竟然意外地睡得香甜，连噩梦都没做，就是姿势不太对，脖子和腰都酸疼得厉害。

他揉完太阳穴，揉了揉脖子，一抬头就看见连小元在自己给自己绑胸带。

胸带绑在内衣外面，她脱得只剩下内衣，就在布帘圈起的小空间里，问题是他也还在这个小空间里，她完全没想过要避着他吗？

"我昨天就出去了，医生不也没说什么吗？晚上查房的时候，回来就行啦。"连小元低着头，一边说，手上一边忙活。

蓝非原脸上发烧，挪开视线，身体的焦灼让他早已忘记刚才的不愉快了，而且男人早上刚起床……比较尴尬，眼前的某人裸露着白花花的肩和背，毫不自觉，他更觉得气血翻涌，僵硬着身子盯着墙，一动不动。

偏偏这个时候，绑带也来捣乱，连小元怎么绑都绑不好，手机这个时候又响了，她急得朝蓝非原招招手，嚷着："快来帮我一下，我弄不好。"然后将整个后背露给他，腾出手去接电话。

电话那头估计是小李，连小元在认真地听，时不时"嗯"上一声。

蓝非原僵着身子凑过来，俯身给她绑胸带。

雪白晶莹、线条有力且柔美的躯体就在面前，他觉得口干舌燥，呼吸开始有些困难，平日里也算是处变不惊、异常冷静的一个人，此时竟然慌乱得绑不好区区几根带子。

"什么？"就在这时，连小元的身子僵了僵，猛地回身，睁着一双黑白分明的眼睛看着他，刚绑好的带子一下子松开了。

"抓到嫌疑人了，但是……"她满脸的匪夷所思，"但是他已经自杀了。碎尸自杀了！"

蓝非原也怔住了，愣了几秒钟，他出声确认："自杀了？碎尸？"

"对。"连小元舔了舔干涩的唇，点了点头，"小李是这么说的，自杀了，碎尸。"

医院雪白的墙壁上，挂着黑色的时钟，细长弯曲的秒针一格一格地往前走，发出聒噪的声响，这种声音听起来像一种笑声：

呵呵呵……

它张着漆黑的大嘴，在嘲笑世间的所有人。

呵呵，呵呵……

—————— 录音 ——————

"你是不是背着我做了什么事？"

"我只是想给游戏增加点难度，增加乐趣，你不喜欢吗？"

"倒不是不喜欢，只是你别做太过。"

"不做得太过，怎么能难倒你呢？你不是说过，解谜给你带来的快感，不亚于性高潮吗？我无法给你带来性高潮，只好用自己的方式取悦你。我不会输给她的。"

"小笨蛋，她怎么能跟你比呢？看到你，我就已经很愉悦了……不过，既然你都费心准备了，那我就好好享受吧。"

【第十二章】

不寻常的自杀案

对呀，黑暗怕什么？
反正，他从来都不是一个人。

1

天上又开始飘雨了，今年的梅雨季似乎特别长，蓝非原端着咖啡站在自己的办公室，朝外望，巨大的落地窗外，雨中的街道显得格外空旷。

身后的真皮沙发上，连小元睡得正香，也不知道梦到了什么，时不时发出咀嚼的声音　然后长腿一抬，将身上的薄毯踢开了。

蓝非原转身看她，某人睡得日月无光，上衣撩了起来都不知道，雪白的肚皮贴合着黑色的真皮沙发，强烈的对比，竟然性感得让人移不开视线。

他皱了皱眉头　走过来将薄毯拉起来，给她盖好，然后继续回到落地窗前发呆。

已经过去很久了，他还是无法忘记，连环杀手嫌疑人自杀的那个现场。他回忆起那个场景，至今还是心有余悸。

那天，他跟连小元赶到现场时，也下雨了，小巷子的路有些湿滑，刑警队迅速组织人手，支起了雨棚保护现场。他到了现场，掀开那块蓝色的门帘，尽管做足了心理准备，但是看到那场景，还是忍不住倒抽一口凉气。

狭窄的巷子上方是蓝色的雨棚，地上是大片大片的血迹，嫌疑人死状惨烈。

血泊之中有一个用铁皮做成的怪物件，怪物件呈长方形，上方磨得十分锋利，尺寸和摆放在地上的位置精准，确保人从巷子旁的旧楼顶跳下去，能正好落在上面。墙角处堆着许多残缺破碎的人体模特，看来嫌疑人为了演出这场自杀秀，用假人反复演习了很久。

蓝非原站在离血泊几步远的地方，嫌疑人的尸体就在他的眼前。

连小元从后面跟过来，也震撼得说不出话来，半天才磕磕巴巴说了一句："这……我得做多久噩梦，才能驱散这个阴影？"

大家都没说话，因为大家都感同身受，所有人看到这个现场，内心的阴影面积都大到无法计算。

冯甜正在做初步勘验，秦磊在一旁拍照，鉴定科的同事四处收集物证，唐御臣带着小李和大冬在走访周围群众。

不多会儿，冯甜站了起来，走到蓝非原面前，一脸郁色："我也算是久经'尸场'了，但还没见过这么自杀的。初步勘验，这个人除了坠落伤，身上有多处自残伤口，除此之外无自卫伤，无捆绑痕迹，至于有没有药物控制痕迹，要等我回去做药理实验。"

蓝非原没说话，转身走了，他要去连环杀手家里看看。

2

嫌疑人开推拿馆为生，就住在店铺里，店铺为上下两层，旁边是条狭窄的小巷，店铺后面是个住宅小区，店铺上面再没有别的建筑。嫌疑人就是从自家店铺上方跳下来的，他的鞋子还留在楼上，摆放得很整齐，楼顶上没有第二个人出现过的痕迹。

连小元一步不离地跟着蓝非原，在他身后念着刚从小李那里拿来的笔记本上的信息。

"发现嫌疑人自杀的是大冬，他被分派来排查这名来自内蒙古墓主的家属，来到这儿听到外面有动静，出去一看，就看到……外面的那一幕。嫌疑人邱平符合我们所有的推断。三十三岁，单身，曾经交往过几个女朋友，但都无疾而终，自己开了个推拿馆，平时生意红火，但一到梅雨季就不开业，开馆的店面在他名下。在S市没什么亲戚，父亲是安徽籍，是来这里打工的建筑工人，在他十五岁时去世，母亲祖籍内蒙古，七年前心肌梗死去世，就葬在五华路公墓。"

蓝非原推开那扇写有"推拿馆"三个字的店面，回头问了一句："他的父亲葬在哪里？"

连小元低头，前后翻了翻笔记本，摇了摇头："没提。"

蓝非原点点头，走进推拿馆。这是一间十分普通的街边推拿馆，干净整洁，陈设偏中国风，推拿间旁边有一个小小的办公室，樱桃木的办公桌靠着墙，桌上的办公用品整整齐齐，一尘不染，墙壁也很干净，上面挂着一柄蒙古弯刀，样式十分精美。

他走到办公桌前，抽出一张纸巾，包着抽屉把手，拉开了抽屉。

抽屉里放着文具和一本《本草纲目》，排列得也十分整齐。排列顺序是从左向右，从大到小。

强烈的秩序感，跟案件中，箱子里装尸体的秩序感一致，丝毫不乱。

他关上抽屉。

走上二楼。

二楼是嫌疑人住的地方，依旧整理得纤尘不染，勘查组四处收集证据，有几个人聚集在卫生间里，他走过去看，卫生间的隔间里，有个大木桶，里面装着土，种着灰褐色的菌类，正是马勃。种植马勃的土壤颜色呈现出暗红色，散发着腥臭，在充斥着消毒水气味的卫生间里格外显眼。

连小元走过去问勘查组同事发现了什么，勘查组同事面色发青，皱着眉说："土里有血液反应，用 FOB 试纸检验过，是人血。我们正取样，带回局里检测 DNA 才能确认是谁的血。"

连小元点了点头，对同事轻声说："辛苦了。"

蓝非原站在一旁，低头打量着卫生间，雪白干净的卫生间里，马桶上连一丝黄渍都没有，一旁的架子上，摆放着各种清洁用品，刷子挂在墙上，从左到右，从大到小，各种用途，而且是统一一种颜色。

浴缸里也是雪白雪白的，用大量的漂白粉清理过，什么都采集不到。

这个人洁癖到强迫症，这种强迫症一般受家庭影响，这个嫌疑人跟父亲关系恶劣，不会是父亲，大概是他的母亲。他退了一步，站在浴室门口，闭上眼睛，就可以想象，嫌疑人在这里清洁尸体的情形，一丝不苟，认真愉悦。被害人的血滋养着他用来止血的马勃，他清理着给母亲的祭品，这是他一生中最快乐轻松的时刻。

种种迹象表明，他们并没有找错人。

可是，心里这种巨大的不安是怎么回事？

蓝非原睁开眼睛，皱着眉头，转身走出卫生间。

连小元也跟了出来，这个时候，勘查组的同事从卧室里找出一张脸谱，这张诡异的脸谱有点京剧风格，半张脸在哭，半张脸在笑。

她一眼就认了出来，这就是在垃圾场中，袭击了丁香，还试图袭击她的脸谱人戴的面具。

蓝非原看着脸谱被装进证物袋中，忽然弯唇笑了起来："证据还真是齐全。看来犯人是想做个最后的了结，我猜等做了DNA比对，他的DNA也跟刘天祥衣服上找到的DNA相吻合。要命的是，这种干干净净终结一切的做法，也符合凶犯的行为模式。"

连小元歪头看着他笑，却皱起眉："可是，这不正常，是吗？蓝小非，要是一切都正常，你不会笑的。顶多会冷着脸看几眼，就走了。"

连小元太了解他了。蓝非原却没想到她会这么了解自己，他一直觉得赵小胖子是个没心没肺的家伙呢。

他低头看她，只觉得很窝心，将手放在她的头顶上拍了拍，然后下楼去了。

3

正如他所说，DNA检测完全吻合，种植马勃的土壤里的血迹，是最后一个受害者陈大力的。

局里请了冯甜的恩师，国内有名的法医学专家来验尸，也没找到除"自杀"外的第二种死因。这名嫌疑人用自己的杀人方式，结束了自己的生命。

至于那张京剧脸谱，组里经过调查邱平为数不多的亲友得知，邱平的母亲以前唱过京剧，小时候经常戴着京剧脸谱的面具逗邱平玩。

蓝非原分析，邱平之所以将京剧脸谱画成半笑半哭的模样，可能是从小就看透了母亲笑着的面孔下，正在流泪的心。他每到梅雨季便沉溺在小时候受虐的痛苦回忆中无法自拔，戴着这样的面具，让他觉得母亲还陪在他身边，一起做着杀人清洗的工作，一起获得内心的平静。

证据齐全，嫌疑人的一切都跟犯罪心理侧写吻合，写成报告，简直就是一场完美的连环杀手追捕秀。

而嫌疑人之所以自杀，组内分析，是因为高云被蓝非原劝服，前来自首，他知道刘天祥的尸骨中有什么，也知道警察抓到他是迟早的事，所以才做出这种极端的举动。

这个推断十分合理。

蓝非原几乎也是这么想的。

可越是这样，他心里那种巨大的不安感就越是强烈，他几乎能感觉到蛰伏在远处的怪物正朝他移动，可是他怎么都看不清那到底是什么。

天又开始下雨，四处都是潮湿的味道，连小元开车载着蓝非原来到法庭，上午十点，S市高级人民法院，一号法庭，将审理高云杀害刘天祥一案。

蓝非原为了避嫌，并没有担任高云的辩护人，为高云辩护的是他事业上的一个好朋友，专业度非常高的另一位律师。他甚至都没用自己事务所的律师，一切只为了让这个案子结束得没任何争议。

庭审中，高云讲起刘天祥侵犯自己的女儿慧慧时，哭得几乎昏厥过去，旁听席上的人都在抹泪，连小元也使劲握了握拳头。坐在连小元旁边的丁香，抬着头，看着高云，干净的小脸紧绷着，一言不发。

丁香被邱平当作高云袭击了之后，在医院里住了三天，才出院不久。出院之后，因为高云被关押，蛋糕店关门了，她只能暂时先回福利院住。

连小元轻轻握了握她的手，低声问："没事吧？不想听的话，我可以先带你出去休息一下。"

"没事。"丁香摇了摇头，目光直勾勾地望着高云，始终没移开过。

她表现得太冷静，连小元反而有些担心，休庭的间隙，她拉蓝非原出去买喝的，趁机问他："你说丁香会不会患上 PTSD？"

PTSD，创伤后应激障碍，是指个体经历、目睹或遭受一个或多个涉及自身或他人的实际死亡，或感受到死亡威胁，或严重受伤后，或躯体完整性受到威胁后，所导致的个体延迟出现和持续存在的精神障碍。

蓝非原听到这个词，本能地将视线移开，躲避开连小元的目光，喝了一口灌装咖啡："不确定，你要是不放心，可以带她去看看心理医生。"

连小元点点头，默默地开始在心里计划这件事。

4

这场庭审进行得很顺利，证据对高云有利，辩护律师也给力，不出意外，半个月后的宣判结果，一定会让大家都十分满意。

离开法庭时，丁香跟连小元走在前面，蓝非原离丁香太近，会让她不舒服，于是，他不远不近地跟着。走到出口处，一大群记者拥了过去，话筒纷纷对准了丁香。

蓝非原看着这个场面，有一瞬间担心突然冲过来的男记者会让丁香尖叫，可是并没有，丁香只是愣了一下，然后捂着脸对着镜头和话筒开始哭泣。

眉心一点红痣的清纯少女在悲戚，如雨中被打湿的花朵，触动现场所有人的心，连小元都觉得丁香好可怜，保护欲发作，紧紧地搂住丁香的肩膀，轻拍着她的背柔声安慰。

"我阿姨她都是为了我……"哭泣的少女说话了，对着镜头，眼含热泪，"如果阿姨坐牢，我也不去上大学了，就在监狱外面租间房子陪着阿姨，等阿姨出来。"

有情有义的纯洁少女形象，让记者们唏嘘，纷纷开始劝慰她。

蓝非原站在远处看着这一切，有那么一瞬间，他浑身的血液都似乎被冻住了，手心额头上全是冰冷的汗，半天都没回过神来。

回去的路上，蓝非原开车，丁香和连小元坐在后排，丁香泪迹未干，眼睛直直望着窗外发呆，连小元本来还一直担心她，想说点什么活跃一下气氛，却听丁香先一步开口了。

"小元姐，你觉得阿姨会无罪释放吗？"

连小元有些为难，法庭还没宣判的事情，她怎么好妄断呢？

见她没回答，丁香回头看她一眼，那眼神有点冷，说不上是失望还是什么，看得她一阵心惊，紧接着，少女就移开了视线，继续看窗外。

连小元眨了眨眼睛，有些难以确定是不是自己看错了。

一个柔弱的少女，怎么会有那样的眼神呢？

送丁香回到福利院，走小元去上厕所了，蓝非原在大门口站着，跟门卫聊天。

门卫是个大爷，以前在福利院里工作，退休了再上岗的，一来是在家里无聊；二来，这里的孩子很多都是他看着长大的，他舍不得离开他们。

雨刚刚停了，天还阴沉沉的，福利院的大门被雨水冲刷得十分干净，黑色的大理石台阶整洁发亮，蓝非原站在台阶上，身形挺拔，独特的清贵气质与周围的环境格格不入。

门卫大爷递过来一支烟，蓝非原摆了摆手，表示自己不抽烟。

大爷自己点了一支烟，蹲在门口抽了起来。

"丁香这孩子……可怜啊。"门卫大爷抽着烟，眼睛看着福利院大门前的一大片菜地，幽幽地吐出一口烟圈，"她跟其他孩子都不一样，她是个有想法的，我就知道这孩子能成大器，果然就考上了好大学。我们这小庙里也能出个名牌大学的大学生喽。"

门卫大爷说起丁香满脸骄傲，烟卷很快就短了半截："而且这孩子还有孝心，看我一个老头子坐在门口吃饭孤单，经常端了饭碗过来陪我一起吃。她呀，就跟小慧慧一样，我希望她能好好的。"

"慧慧？"蓝非原一怔，眉头皱了起来，"高云的女儿高慧慧？丁香认得慧慧？"

"慧慧？什么慧慧？我可没说什么慧慧。"大爷说到这里有点惊慌，掐了烟头，进警卫室了。

蓝非原看着大爷佝偻的背影，心中突然冒出一些古怪的想法。

他回头看了眼大门里面，福利院面积不大，还算整洁光鲜，孩子们围着丁香喊姐姐，丁香点着头，快速回自己的房间了。

这时，楼道里跑出来一个少女，看起来年纪跟丁香差不多大，却像个不懂事的孩子一样，披头散发，手里拿着一个风车，含混不清地嘀咕着什么。

丁香看到少女，脸上的表情一瞬间变得柔软，抱着女孩摸着她的头，问她最近好不好、中午吃的什么、晚上有没有尿床……

少女说话含混不清的，但似乎特别喜欢丁香，也是抱着丁香不撒手，嘿嘿笑着，跟丁香回房间了。

蓝非原快步走到大爷门前，连门都来不及敲了，推门进去，问大爷："大爷，刚才跟丁香走在一起的少女叫什么？"

原本正看着两个少女一脸微笑的大爷听到这个问题，脸色变了变，态度僵硬地冲蓝非原摆了摆手："不知道，没看见。这一院子都是孩子，我怎么知道你说的是哪个？"

蓝非原看着大爷，面色沉了下来，声音低沉："大爷，我可以去查福利院的档案的。"

"查查查，我们这里还能有什么坏人，左右不过就是一个苦孩子，脑子摔坏了，到现在还人事不知。你去查，真正的坏人一个抓不住，好人倒是可劲地查。"听到这里，大爷突然暴怒起来，使劲将蓝非原推出警卫室，关门前还加了一句，"我们这儿没坏人，一院子的苦孩子，真正的坏人都吃香的喝辣的，享受着呢，擦亮你的眼睛，好好看看。"

蓝非原被推出来，站在门外，看着院子里玩闹的孩子，一言不发，他想起父亲曾带他去庙宇参拜过，庙中的神佛慈悲为怀，普度众生，可是，他总觉得，世界上总有那么一片地方，黑暗得连神佛的光芒都照不进去。

连小元走出来，跟门卫大爷打了声招呼，门卫大爷没理她，她有些纳闷，就问蓝非原："你惹大爷生气了？"

"嗯。"蓝非原上车，发动车子，侧头朝她露出一个意味不明的笑，"大爷怪我眼神不好。"

"哦。"连小元将信将疑，然后伸手在他西装上衣口袋里摸出了他的眼镜，给他戴上，笑眯眯地拍拍他的头，"这样眼神就好多了。"

视线突然之间清晰了许多，女生的笑容和她的手心一样温暖，蓝非原只觉得心里和眼前一样明亮了起来。

对呀，黑暗怕什么？反正，他从来都不是一个人。

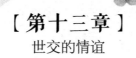

【第十三章】
世交的情谊

人生得遇一双纯粹之人，
是我们父子的福气。

1

案子告一段落，蓝非原却依然没能脱离危险，无论是隐匿的杀手，还是黑面巾人，都无迹可寻。唐御臣派人去查了梅赋，结果梅赋所说的那家比萨店根本就不存在。

鉴于可疑状况太多，连小元依然不能回队里，继续担任蓝非原的保镖，保护他的安全，是她目前最主要的任务。

蓝非原开车往家走，开着开着突然想起什么似的，看着连小元问："你小学是在哪里念的？"

"第三中学附属小学，怎么了？"连小元回答着，只觉得奇怪，她在哪里念的小学，他能不知道吗？

"那个时候你妈妈是你们学校的老师？"蓝非原又问。

"对呀，蓝小非你到底想说什么？"净问一些他早就知道的事，没话找话说，这不是他的风格。

"你妈妈原来是第三中学附属幼儿园的老师，后来调去了第二中学，是不是？"这一次，蓝非原的口气十分笃定，与其说是在询问，不如说是在确认。

连小元隐隐感觉到他似乎在计划着什么，就点了点头："但是我妈在第二中学待了一年就调回去了，你知道的，第二中学离我家太远了，每天上下班一点都不方便。"

"那你妈妈在第二中学可还有旧相识？"

连小元这才意识到蓝非原想干什么，皱了皱眉问："你要查慧慧和丁香？"如果她没记错的话，丁香和慧慧当初就是二中附属小学的学生。

蓝非原说到这里朝她靠了靠，眼中带着诱惑的笑意："你很久没回家了吧？给你妈打个电话，告诉她，查完这件事，我们两个一起回家吃饭。是我们两个。"

连小元在他的笑意中往后躲，边躲边纠结地嚷："我妈现在就是一炮弹，一给她打电话她就炸。我跟你说啊，别用美男计，用了也没用……"

虽然嘴上这么嚷着，电话还是打了。

连妈妈听说连小元要带蓝非原一起回家吃饭，不但没炸，反而全程娃娃音，慈母得不得了，她听蓝非原问她认不认识二中档案室的人，当即拍了胸脯："不认识也能认识，不就托个人嘛，包在阿姨身上。"

电话挂了之后，连小元抖着全身的鸡皮疙瘩，看着蓝非原："我妈已经十多年没用这种声音跟我说过话了，我还真有点不习惯。"

蓝非原看着她笑，他没觉得不习惯，反倒也挺怀念的，因为小时候他在她家过暑假的时候，连妈妈一直都用这种声音跟他说话。

　　没过多久，连妈妈就打来了电话，报了一个名字，说："去了二中，直接上智慧楼三楼档案室找她，绝对行得通。"末了还加了一句，"你们一起回来吃晚饭是吧？那阿姨先去准备准备。小非啊，一定要来啊，阿姨好久没见你了，都想死你了。"

　　蓝非原应着，保证一定会去，然后挂掉了电话。

　　听着电话那头连妈妈跟蓝非原母慈子孝，被晾在一旁的连小元觉得好悲愤，憋了半天，还是没忍住，对蓝非原吼："你才是她亲生的吧？我一定是当初她拿粮票买馒头，人家卖馒头的当零钱找给她的。"

　　蓝非原看着她，挑了挑眉，表情严肃起来："你终于知道真相了。"

　　连小元气得连捶了他好几下。

　　2

　　市二中占地面积很大，由"智慧楼""博学楼""谦和楼"等几栋主要建筑构成的，风景还不错，然而蓝非原却无心欣赏这些风景，在门口看了一眼校区分布图之后，就带着连小元径直去了智慧楼。

　　来到三楼档案室，那个叫朱红的中年大姐就是连妈妈提到的旧同事，看见蓝非原和连小元倒也热情，给他们倒了一杯水，乐呵呵地说："老连刚才跟我说她闺女女婿在一起查案，我还不信，这回信了，不过你们两口子啊，别光顾着工作，也生个孙子出来给老连抱抱。"

　　闺女……女婿……两口子？

　　连小元眼角抽了抽，为连女士编瞎话的能力感到叹服，刚准备解释，就感觉到蓝非原伸手过来握住了她的手，微笑道："我们会努力。但在这之前，要先结了这个案子，要结这个案子还要您的帮忙。"

他睁眼说瞎话的实力，让连小元惊呆了，她看着他，光顾着"刮目"了，竟完全忘了反驳。

朱红笑眯眯地说："没问题，只要不违法，查什么都行。"

蓝非原正色道："我想查六年前的两个学生的学籍，您这里还有存档吗？"

朱红坐到电脑前，手指翻飞，不多会儿就调出了蓝非原要的两份学籍，并嘱咐他："只能在这里看啊，不能打印的。"

蓝非原点了点头，凑过去认真看着电脑屏幕。

是高慧慧与丁香的学籍。

学籍上写明了两个人的年纪、所在班级、家庭成员等等资料，高慧慧比丁香小两岁，但是丁香上学比较晚，所以两人是同班，都在五三班。学号也靠得近，高慧慧是 367，丁香是 368。成绩方面，丁香比高慧慧好了一大截，但是高慧慧比较活跃，是班里的文艺委员，经常参加学校的各种表演。

这两个孩子是同班同学，一般升级后重新分班，老师不了解同学的情况，会先按学号排座次，也就是说这两个孩子至少同桌过一段时间。

蓝非原越看眉头皱得越深，心里一些还未证实的想法越来越清晰放大，让他无所适从。

连小元也在认真看档案，但是她看得慢，往往她一页才刚扫两眼，蓝非原那边就已经翻页了，她看得云里雾里，蓝非原已经起身，跟朱红道谢并道别，拉着她离开了。

回到车上，蓝非原一直板着脸，然后一脚踩上油门，开去了一个陌生的社区。

连小元虽然没看完档案，但也猜得出蓝非原是来找谁，他来找慧慧和丁香当初的班主任。

两人当初的班主任姓刘，现在已经退休了，就住在这个学校分配的老式社区中，社区中大多数都是他这样的退休教师或者公务员。傍晚时分没人在家，都在社区广场里，要么跳舞，要么打太极，要么围在一起下围棋。

这种老社区，大家在一起住得久了，彼此都认得，很快，蓝非原就在别人的指引下，找到了正在下围棋的刘老。

刘老正和另一位老人下棋，周围围了一圈人，看样子是落下风了。

刘老急得直抹汗，跟他下棋的老人一脸得意，摇着竹扇笑呵呵地糗他："赢不了就当着大伙的面，承认自己是臭棋篓子，说好的，你可别想反悔。"

刘老一着急，冲着他嚷："行了行了，唆起来没完了，我这不是还没输吗？"

两个老顽童正在较劲，连小元在旁边试着叫了刘老两声，刘老不但没应，反而抬头不耐烦地瞪了连小元一眼。

连小元无奈地抬头看了看蓝非原，耸了耸肩："怎么办？"

蓝非原挑了挑眉，走到刘老跟前，俯身在他耳边说了几句话，刘老茅塞顿开，连连点头，接着几招就将对面的老人拿下了。

对棋的老人连呼他耍诈，刘老却开心得很，晃着扇子乐道："我们打赌的时候也没说不许请外援啊。"

棋局散了，刘老跟着蓝非原和连小元到了一个僻静处，笑容满面，连说蓝非原棋艺好，对他的问题更是知无不言。

"哦，你说高慧慧和丁香？记得，慧慧这孩子挺可惜的，小小年纪到底遇上了什么想不开的事，竟然跳河自杀了。丁香跟慧慧感情好着呢，丁香成绩好，老给慧慧补课，慧慧呢，就从家里拿零食拿文具给她，有时候还交换衣服穿。你也知道，丁香的家庭情况，衣服都是旧的，有时候慧慧买了新裙子就给丁香穿一天，她自己穿丁香的旧衣服上一天课，晚上回家之前再换回来。"刘老说起自己的两个学生，还是有些痛惜，"两个都是好孩子，只可惜啊，都投错了胎。"

"这话怎么说？"连小元追问。

刘老叹了一口气："丁香那个父亲，我不说大家都知道是什么德行。慧慧这孩子命也不好，妈妈是那样的人。"

"高云？高云不是很疼孩子吗？"蓝非原皱眉问。

"疼是疼，就是有点小毛病。"刘老说到这里，轻咳了一声，郑重澄清，"我身为人民教师，平时是不会这么八卦的，就是大家当时都在议论，我就听到了。听说，慧慧妈妈好赌，她前夫就是因为还不上她欠下的高利贷，被砍死的。当然，这都是八卦，谁也没见过。她妈妈平时来学校也都斯斯文文的，估计都是瞎说，瞎说。"

瞎说是有办法查证的。如果高云真是这种人，那么慧慧被刘天祥侵犯，是不是她故意为之……

连小元有点蒙，她也不是新人了，见过不少隐藏得十分深的犯人，这是头一次，她不愿意去揣测置疑一个母亲的母爱。

不过，这种不愿意，不妨碍她的专业。她皱着眉打电话给小李，让他找市里的几个赌鬼问问，高云如果藏得真有那么深，那必定是个暗赌的玩家，小李在这方面还是有些人脉的。

3

走出广场，小李已经回了电话，他用极其愤慨的声音说："高云还真是个暗赌场上的老手，欠了不止一次高利贷了，在这个圈子里小有名气。就在前不久，她又欠了一笔，这次欠得多，足足两百万。"

挂掉电话上车，连小元被自己知道的点滴和即将牵扯出的真相心寒到头皮都是麻的。她垂着头，握着手机许久没说话，而蓝非原也坐在车里握着方向盘，愣了许久都没开车。

时间一点一点地流逝，两个人都不动不说话，似乎都在积蓄力量。过了一会儿，连小元握了握他的手，有气无力："说吧，你到底在怀疑什么？你怀疑什么，我都不觉得奇怪了。"

"去福利院帮我偷样东西，一定要偷偷潜进去。"蓝非原侧头看着她，目光笃定，"这样东西非常关键。"

连小元愣了两秒，然后慢慢点了点头。她觉得蓝非原疯了，而下意识答应他这种不合理要求的她，也离疯癫不远了。

偷东西，要等天黑，而这之前他带着她做了件更疯的事——去恐吓买了丁香房子的那个大姐。

大姐正在家里看电视，门打开后，连小元亮了警徽，直接拿出手铐铐上大姐，大姐脸都灰了，语无伦次地说："警……警察同志，这是干什么？我没干过什么违法的事……警察同志……"

蓝非原在一旁幽幽地点拨大姐："给假口供扰乱警方调查，属于妨碍公务，也是犯法的。大姐，你好好想想，自己撒过什么谎，我可以给你求求情，念你是初犯，放过你这一次。"

大姐哆哆嗦嗦，使劲点头："我说，我说。我房子不是从中介买的，是我跟叫丁香的那个小姑娘撇下中介私下交易的。我房款直接打到丁香的卡上，没经过中介。"

连小元一愣，他们当初就是因为中介这条线找上的丁香，然后又因为丁香查出了刘天祥，进而查出了邱平的，如果这个环节出了问题，那么接下来的很多环节都有问题。

"那你当初怎么说丁香不同意撇下中介？怎么还给了我们那个假中介的地址？"连小元瞪着眼睛吼起来，她不是第一次抓犯人，气势还是有的。

大姐又一哆嗦，赶紧说："是我不好，我鬼迷心窍，拿了丁香五千块钱，答应帮她撒谎。那个中介地址也是丁香给我的，说如果有人问就说是在那家中介交易的。其实根本不是，我们撇开的那个中介就是楼下街对面那家，我也不知道她为什么要撒谎，警察同志，我什么都不知道，也不是有意要妨碍调查的，警察同志，就饶了我这一回吧。"

连小元目瞪口呆，满脑子问号，瞪了瞪大姐："还有什么隐瞒的吗？"

"没有了，没有了，真的没有了。"大姐使劲摇头。

蓝非原拍拍连小元的肩："给大姐解开吧，她真的什么都不知道。"说着转身离开了大姐家。

离开大姐家，他们马不停蹄去了高云的蛋糕店，蛋糕店目前无人经营，是关门歇业的状态，他们没有钥匙进去。

"要不，我回局里找高云拿钥匙？"连小元皱眉看着蓝非原。

"这种弹子锁的原理其实很简单，无非就是平头弹子下推，锁芯不能转动，只要有二具……"蓝非原拿起锁，左右看了看，转身去车里，拿了一支细长的锥子，插进云，边说边动作，"在下弹子之下插入工具，快速向上撞，上弹子会被短暂抛高，只要掌握这个瞬间……"随着他的话，只听"嗒"的一声，门锁真的被他打开了。

他大步迈了进去，连小元在他身后，简直要惊讶死了，压低声音问："蓝小非，你什么时候学的这一手？"

蓝非原大步朝楼上走，边走边回头看她一眼："这么简单的常识性机械原理，需要学吗？"

连小元咬了咬牙，再次感觉到智商被碾压的无力感。

蓝非原目标似乎很明确，径直走到高云卧室的衣柜处，打开衣柜，翻翻找找，找了半天，去什么都没找到。

连小元问他："你要找什么？"

"你还记不记得，我们第一次来这里，丁香无意间弄翻了衣柜里的一个盒子，里面有被破坏的小倩娃娃等玩具。"蓝非原皱着眉问连小元。

"当然记得。"连小元半个身子都探进了衣柜，翻了半天，也没找到那个盒子，"我记得当初丁香就是将盒子塞进了这里。怎么没了？"

"是啊，怎么没了？她留着那个盒子，留了这么多年，我们来查过之后，它就不见了？难道就为了让我们看它一眼？"蓝非原皱着眉，在衣柜前，思索着。

"也有可能是因为这个盒子，我们查出了刘天祥的事，丁香觉得不吉利，就给扔了。"连小元猜测。

"是一种可能。"蓝非原拉着连小元的胳膊就往外走，"去见高云。"

4

高云还没有移交检察院，此时被关押在局里的拘留所中，人看起来恍恍惚惚的，看到蓝非原和连小元条件反射地一愣。

"衣柜里的娃娃和玩具去哪里了？"蓝非原问。

高云愣了半天，才说："娃娃？什么娃娃？"

"丁香的娃娃。穿古装的那一个，装娃娃的盒子里还有其他的玩具。"连小元补充。

"哦。那个……那个是丁香拿回来的，说是同学暂时先放在她这里，后来她拿去还给同学了。"高云畏缩地说。

听完高云的话，蓝非原又急急地问小元："那个假中介是谁负责调查的？"

连小元不明所以，老实地回答："小冬。"

他转身便走，去办公室找了小冬，问关于假中介的调查进度。

小冬一脸为难地说："那伙人什么都招了，就是不招丁香这事，说根本不认识这个小姑娘，嘴硬得很。说来也奇怪，那么多桩案子都认了，还差丁香这一桩？再说丁香的房款，他们不是都还了吗？"

蓝非原此时脸上的表情十分灰暗，握了握拳头，对连小元说："走吧。"

折腾到这里，天已经彻底黑了，按照约定，他们两个要一起回连家吃饭。

连妈妈早早就等在楼下，而且是盛装，连小元下车看到连衣裙、高跟鞋且笑容满面的老妈，吓得差点从台阶上滚下去。

她家老妈条件其实是不错的，年轻的时候也曾经是附近的一枝花，但是自从赵越殉职之后，就有点破罐子破摔，只要不上班，就是睡衣拖鞋，哪里穿过连衣裙，更别说，她家老妈今天不但化了妆，还涂了压箱底的口红。

连妈妈远远就看到了他们两个，三步并作两步冲过来，推开挡在前面的连小元，握住了蓝非原的手。

"小非呀，都这么大了，我们多少年没见了？"

在蓝非原的记忆中，连妈妈一直是个大嗓子的爽利女人，高挑俏丽，比同龄人看着要年轻许多，一别多年，她一个人守着寡带大女儿，想必过得也不容易，鬓边的头发都有些花白了。

想到这里，眼角有些湿润，蓝非原握了握她的手，说："十多年了。"

具体数字蓝非原也是记得的，可是他不忍心说出来。

"十多年了……十多年了。听说你还没结婚？"连妈妈是个话痨，此时却不知道该说什么，往事涌上心头，只余万千感慨，只能拣着自己最关心的事问。

蓝非原微笑着摇头："还没有。"

"要求不能太高。"连妈妈拍拍他的手，郑重地加了一句，"我们家小元也还没结婚呢，介绍多少人都入不了她的眼，我还以为她有问题呢，原来……原来……最好的在后头呢。"

连妈妈看着他乐呵呵的，眼神开始有点不对劲了。蓝非原抬头去看连小元。刚被自己亲妈推了一个大跟头，从地上爬起来的连小元，对他比着口型："她还不知道蓝叔叔的事，也不知道我是在保护你。"

这么复杂的一句话，蓝非原居然听懂了。连妈妈不知道他父亲的事，也不知道连小元是被局里派去保护他才住在他家里的，这么说来，她一直以为他们两个同居了？

怪不得她的眼神如此奇怪，满满都是丈母娘看女婿的慈爱。

久别重逢的伤感一下子全没了，蓝非原有些蒙，但又不能说破，只能任由连妈妈将他拉进楼里。

连小元现在住的房子，是赵越殉职之后换的，那个时候有几个被赵越抓捕的重刑犯扬言请了杀手报复，局里为了保护这对母女，给她们换了住处。连小元从姓氏到户籍甚至学籍和过往资料也全部换过了，而连妈妈也换了工作。现在，除非是以往的熟人，否则根本没人知道这对母女是警察家属。

晚饭是早就准备好的，一桌子的菜，有荤有素，都是连妈妈的拿手菜。蓝非原以前在赵家过暑假的时候，连妈妈时常这么招呼他，熟知他的口味，就是时间太赶了，他爱吃的口味虾没买到，连妈妈表示很遗憾。

蓝非原看着满桌子的菜，眼眶有点发红，过去了那么久，连妈妈竟然还当初那样待他，怪不得父亲一直视赵越夫妇为挚友，一直跟他说："人生得遇一双纯粹之人，是我们父子的福气。"

连家的饭桌很普通，原木色的套装，家具店里常见的普通款，六人位，摆着四副碗筷，连小元指着没人坐的上首的位置，对蓝非原说："那是赵越的位置，我家每天吃饭都这样，你别害怕啊。"

空荡荡的座位放着腰枕，碗筷整齐，碗筷旁边一个小碟子，里面醋有剥好的大蒜头，蓝非原坐在一旁都能闻到醋的清香和大蒜的辛辣味。

赵越的腰摔伤过，一到阴天下雨就疼，天阴的时候要靠着腰枕坐着才舒服。他嗜酸嗜辣，每顿饭都少不了醋和大蒜头。

赵越虽然不在了，但是点点滴滴都被连妈妈记到了心坎里，十几年了也没忘分毫。

蓝非原突然有些羡慕赵越，这么想着，他侧头看了看坐在他身旁的连小元，连小元正趁连妈妈去厨房装饭的空当，偷吃桌子上的菜，见他看她，顺手将鱼眼睛挖下来，塞进他的嘴巴里。

他小时候被鱼刺卡过，一直都不怎么爱吃鱼，妈妈还在世的时候就挖鱼眼睛给他吃，骗他说：吃了鱼眼睛，眼睛会越来越亮，而且不会近视。

他一直笃信到现在，吃鱼只吃鱼眼睛，即便他大学前眼睛就已经近视了。

鱼眼睛的味道和连小元对他挤眼的动作，跟小时候如出一辙，他恍然间以为自己还在小时候。

石榴树下的那张大餐桌前，赵越就着醋啃着蒜瓣，跟蓝宁远小酌，他和赵小胖子坐在小凳子旁等饭，连妈妈去厨房装饭时间久了点，赵小胖子按捺不住偷吃了一筷子菜，为了拉他当同谋，顺手挖下鱼眼睛塞进他的嘴巴里。

似乎一切都没变，却真的什么都不一样了。

〔第十四章〕
少女的面具

他想起在书中看到的那句话：
将命运打倒吧，尽力去做人应该做的事。

1

蓝非原握着拳头，用了很大的力气，才控制住自己，没把眼前嬉笑的连小元抱进怀里。

米饭的香气混合着菜香，让人食指大动，蓝非原难得好胃口地多添了一碗饭，连妈妈高兴地去给他装饭，回来的时候说起了蓝宁远。

"你父亲还好吗？自从我们家赵越去了之后，我也不方便跟他联系，他现在还是一个人吗？有没有再找一个？"

蓝非原和连小元同时愣了。连小元有点紧张，忍不住咬着筷子坐直了身子，蓝非原却因为做足了心理准备，显得淡定许多，他接过饭碗答道："他挺好的，这些年一直带着国内的学生在美国，等他们毕业了就能回来了。他所有的心思都在自己的学生身上，哪里有心思再找一个？"

连妈妈听了直摇头："还是老样子，工作狂。"之后就没再提蓝宁远了。

这个话题算是过去了，饭后，连妈妈又去切了水果，蓝非原喜欢芒果，连小元喜欢樱桃，因此芒果和樱桃都有，还切了块西瓜放在赵越的空位置前，顺口嘀咕了一句："西瓜现在太贵了，你少吃点。"

连小元端着她的樱桃小盘子就进卧室了，蓝非原跟了进去。

她没开灯，他在后面也没开，就着客厅透过来的光，看到她坐在书桌前的椅子上发呆。见蓝非原进来，她连忙抹了把眼泪，回头哭丧着脸看他："你想笑就笑吧，我有时候也觉得连美丽真是疯了。"

"连美丽"是连妈妈的闺名，赵小胖子从小一不高兴，就连名带姓地叫她。

蓝非原走上前去，靠坐在她的书桌上，伸手抹了抹她的眼泪："我没觉得。他们两个多让人羡慕。"

连小元抬着泪眼，光线昏暗，他却能清晰地看到她睫毛上的晶莹，这个角度看过去，她纤细的脖子、优美的下巴，还有红通通的眼、颤动的睫毛，都是那么让人怜爱，若是恋爱中的男女，此时真应该俯身吻住她的唇。

欲望在身体里叫嚣着，蓝非原的眼神蒙眬了起来，但也只是那么一瞬间，他便将视线别开，打量着她的房间。

她的房间跟小时候大为不同。小的时候，赵小胖子是个色狼，喜欢各种各样的帅气男明星，房间里到处都是明星海报。长大了却似乎清心寡欲了起来，一张海报都不贴了，反而在床边上挂了一个大沙袋，床头柜上放着拳套，看来每天晚上睡前都会打上半天。

他好奇地走到沙袋前，试着推了推，沙袋很重，是专业级别的。他又走到床头柜前，拿起了拳套。

一张照片，随着拳套掉落，他弯腰捡了起来，连小元转头看见了，尖叫着扑了过来，去抢那张照片。

她这种反应，反而让他更好奇了，赶忙站直身子，将照片举高，利用身高优势阻止她抢。

连小元其实不矮，但毕竟比他还是差了一截，就算跳起来也还是够不到照片，着起急来，开始推他。

蓝非原一心想看照片里到底是谁，没留心，就这么被她推倒在床上，连小元扑过来的身子则结结实实压在了他的身上。

身体紧密贴合，四目相对，连小元只觉得心跳加速，纵使平时脸皮厚如城墙，也忍不住扭起来，瞪着他嚷："快还给我。"

蓝非原躺在床上，被她压着，透过薄薄的衣衫能清楚地感觉到她身体的曲线，原本的那种干渴就更加严重了，但是他更好奇那张照片，索性一不做二不休，翻身将她压下，然后就着这个姿势看照片。

是他小时候的照片，在石榴树下的躺椅上睡着了，旁边放着一本书，书上头上，落了好几朵石榴花，他的脸和书都是白白的，映得石榴花更艳，艳得刺痛他的眼。

他将照片放在床上，居高临下地看着她，目光灼灼："偷拍的？"

连小元知道被发现了，破罐子破摔，脖子一梗，在黑暗中与他对峙："偷拍的。你想笑就笑吧，想告我侵犯你隐私权也行。"

"别偷拍了。"蓝非原仗着黑暗掩饰，目光柔软灼热，"以后可以正大光明地拍。"

连小元正困惑呢，龟毛如蓝小非，怎么会不谴责她这种偷拍行为？就见目光之上，某人视线模糊，又出现了她无法抵抗的柔情缱绻，且唇正朝她贴近，她紧张地立刻闭上了眼睛。

就在这时，开着的房门突然被大力关上了，紧接着连美丽的大嗓门从门外传来："你们这俩孩子真是的，门都不关，着什么急啊？我出去跳舞去了，晚点回来，你们慢慢来。还有啊，我明年就退休了，孩子生出来，我刚好能帮你们带。"

房间的灯关着，他们两个心里的灯却瞬间亮了起来，藏在黑暗中的暧昧一哄而散，两人赶忙爬起来，除了尴尬，再不剩别的了。

2

梅雨季过去之前，高云拿到了判决书，正当防卫过度，判了三年，立即执行。

丁香真如在记者面前说的那样，在监狱附近租了房子，开始面试短期工作，而且还在微博上实名注册了一个ID，跟网友诉说高云的冤屈，并表示自己不服这个判决，一定会上诉。

网友们纷纷劝说丁香，好好上学，不要因为这件事耽误了大好的前程，甚至有民间的公益律师团队找到她，说会提供专业帮助，让她好好上学，不要分心。

民意汹涌，压力全在郭局和唐御臣身上，因为负责侦查这起案中案的就是唐御臣带领的刑警支队。

局领导亲自批示，要重新调查这起案子，结果查出更让人匪夷所思的事，刘天祥的尸骨中含有生物碱毒素，也就是说刘天祥生前曾被人下毒，而并非高云所说的，刘天祥在殴打她，她怕被打死，所以从身边捡了一把刀，将他捅死。

这次检验，把案子的舆论推向另一个高潮，但是高云的判决肯定要更改，有计划的毒杀之后再捅杀，跟正当防卫完全是两个概念，她可能会面临更高刑期的刑罚。

丁香也终于停止了闹腾，在众人的劝说下，挥泪告别了高云，打包去 B 大报到。

中午时分，骄阳似火。

蓝非原站在古朴的菱格木窗前，望着窗棂下郁郁葱葱的芭蕉树，宽大的芭蕉叶被阳光晒得油亮，那种浓艳的绿，让人觉得整个人整颗心，都充满着旺盛的生命力。

"非原，不是我不肯接着帮这小姑娘，这回真的是没想到会发展成这样，我是出了力，丕惹了一身骚。"

这里是一间会所的茶室，房间布置得有古风的味道，大气、雅致，茶桌是纯樱桃木的，全套的茶具品位不俗，客人跪在桌前，自泡自饮，别有一番从容的优雅。

而此时桌前的人却一点也优雅不起来，他是个微胖的中年男人，这段时间因为为高云辩护，而成为众人议论的焦点，只不过他似乎并不享受这种成名的感觉，因为网络上对他的评价一边倒的都是不够专业。

连小元也跪坐在矮桌前，跪得太久了，整条腿都麻了，她索性换了个盘腿打坐的姿势，看着微胖男人，颇表同情地说："我也觉得你这回真是冤屈。不过丁香当初选择在网上发帖大概也没有要攻击你的意思，只是为了给高云叫屈，毕竟她还是个孩子，估计连她自己也没想到，会发展到这一步。"

"她没想到会发展到这一步，可把我害苦了。"微胖男人说话时，表情有点愤怒，端起一杯茶，一饮而尽，也不管什么优雅不优雅了，"我事务所的信箱里天天都是恶意邮件，门口被泼了好几回红油漆，前台的小姑娘吓得三天没上班了，再这样下去，我这生意没法做了。"

蓝非原转过头来，将视线从一片浓绿中转回一室幽雅中，他走过来，跪坐在微胖男人旁边，为微胖男人倒了杯茶，表情认真："刘牧，是我将这个案子推荐给你的，你是为了帮我，才搞成这样，放心，我一定会替你讨个公道。这阵子你不如给你自己、给事务所的人放个假，等假期过了，我保证祁阳集团的那个案子能落到你的手上。"

连小元虽然不在律政界，却听过祁阳集团，那是个跨国的餐饮集团，总部在 S 市，这个集团出来的案子，涉及数字往往都十分惊人，在众律师眼里，一直都是个肥差。

她看着蓝非原，有时候真觉得他离自己很遥远。

很小的时候，她就有过这样的感觉。蓝小非实在是太优秀、太出色了，她到底要跑多快，才能跟悠闲踱步的他并肩走？

刘牧脸上的表情从怒到喜，接过蓝非原手上的茶，又是一饮而尽，然后拍了拍蓝非原的肩，笑道："够意思，就冲你后面这句话，我再背十回黑锅都愿意。只不过啊，非原，那小丫头，可不简单，你能不沾就别沾了。我跟她谈这个案子的时候，她一副可怜兮兮的样子，转头就给我来这一出。"

蓝非原点了点头，将茶杯举到唇前，却许久没喝，紫砂的茶杯映得他唇色发白，连小元只看了他一眼，就知道蓝小非有心事。

送走了刘牧，连小元终于忍不住问蓝非原："蓝小非，我也觉得丁香很有问题，她不止一次误导我们，可是我们也因此查出了真凶不是吗？还是你觉得邱平的死并不是自杀？"

蓝非原将茶杯放低，端在手心中，看着茶杯里的茶水，茶叶是极好的，泡出来的茶，浓郁青香，余韵绵长，他本来是很喜欢的，但是今天确实有些心不在焉。

"DNA比对结果出来了吗？"他不答反问。

他说的DNA就是，她在福利院偷的东西，那个跟丁香同屋的痴傻少女的头发。说起来这真不是一件容易的事，福利院里的工作人员警惕性太高，要不是她身手敏捷，爬墙跟玩儿一样，真的会被抓到。

"你等会儿，我找秦磊问问，冯甜出差了，现在都得问秦磊。"说着，连小元起身去外面打电话去了。打完电话，她回到桌前，对蓝非原说，"结果出来了，就在秦磊那儿，我们是现在去拿吗？"

蓝非原起身，拿起车钥匙："走吧。"

回到局里，从秦磊手中接过报告，蓝非原一目十行看了一遍，抬头对连小元露出一个入违的微笑："我们是时候拿回遗失的主动权了。"

3

对于蓝非原说的话，连小元一直云里雾里，但是她知道，但凡蓝小非要做的事，那必定是经过深思熟虑的，他的大脑跟普通人不同，用生物老师的话说就是：大脑里的褶子比别人多，想事情十分周全。他说的每一句话，故的每一件事，都不是贸贸然而为之的。

蓝非原带连小元直接开上了高速。

看着路旁的路牌，连小元突然有种异样的感觉，她敲着窗户，对蓝非原笑道："蓝小非，你打算带我私奔吗？"

私奔？亏她想得出来。

蓝非原瞥她一眼，见她笑得一脸暧昧，心里的气闷升腾到了顶点，伸手打开了车载音响。

舒缓的萨克斯曲在车里回荡，连小元闭上了眼睛，喃喃说："我大概明白你在想什么，但是有的时候真庆幸自己没有你那么聪明。"

蓝非原没接话，静静地开着车，车里只有舒缓的音乐在两个人之间流淌，这是他们战斗前，最后的静逸。

沿途的风景变换，车开了四个小时来到了B市，驶下高速，慢慢就能看到自驾来送孩子上学的家长，再过两天便是B大开学的日子了，这在很多家庭中，都是大到不能再大的事，因为B大是国内首屈一指的名牌大学，考上B大，是一个家庭荣耀的象征。

丁香考上的就是这所学校，福利院所有人都为她感到骄傲。

丁香跟其他新生不同，她没有选择住校，而是在学校附近租了一套小房子，两室一厅，简单装修，价格不菲，但是她不在乎，她手上握有两百万房款，她是消费得起的。

蓝非原带着连小元敲开丁香的门时，丁香有那么一瞬间的惊讶，随即脸色便恢复了正常，大大方方地将他们两个让了进来，然后对客厅中正抓着零食往嘴里塞的少女说："你乖啊，进房间里吃吧。吃完了再给你买。"

少女带着满脸的饼干屑，嘴里含混不清地嘟囔着什么，小步走进房间里。

丁香上学也要将她带着。

连小元盯着少女肿胀的脸，想到自己查到的那些事情，只觉得这个世界真是充满了恶意。

"坐吧。"丁香看着少女进了房间，才回过头来面对着蓝非原和连小元，眉头微微拧着，垂着眸子，眉心一点红痣，越发让人觉得楚楚可怜。

她低眉顺眼邀请他们坐下，然后去给他们倒茶，端过来放在他们面前的茶几上，站直身子，轻声说道，语气里满是忧郁："你们还来找我干什么？阿姨的案子已经板上钉钉了，我也不想折腾了，只想好好上完大学，找个好工作，等将来阿姨出狱了，好好孝敬她。"

若是没有充足的证据，连小元几乎又要怀疑自己是不是判断错了，眼前的少女明明就是个受害者。她深吸了一口气，努力让自己理智一点，不要被表象所蒙蔽，但是真的开口跟丁香对峙时，语气还是有些受伤："丁香，我那么信任你，你为什么不肯跟我说实话？"

"姐姐，你为什么这么说？我跟你说的都是实话啊。"丁香看着连小元一副被吓到的样子，大眼睛里蓄满了泪水。

面对丁香的眼泪，连小元突然觉得有些腻烦，她皱了皱眉，单刀直入："我查了高云的经济状况，她欠了两百万的高利贷，还不出来，正在打你房款的主意。这么多年来，她表面上对你恩重如山，背地里好赌成性，你跟着她估计也没过过什么好日子，即使这样，你也愿意孝敬她？"

丁香眼神闪烁了一下，捂着嘴巴，哭了起来："我知道阿姨有点小毛病，但是她毕竟是对我最好的人，我不能忘恩负义。"

都到了这个地步了，她还是不愿意说实话，连小元有点无奈了，但是心里却对她责怪不起来，从小经历过这么多事，遇到的都是不负责任的大人，导致她对大人不信任，也是情有可原的。

她看着丁香的泪眼，不说话，侧头看了蓝非原一眼，蓝非原自从进了这个屋子就没说过一句话，此时正端着杯子喝茶。茶是丁香泡的，杯子和茶叶虽然都很廉价，但手艺却是不错的，碧绿的茶叶中放了自己晒的桂花，香气浓郁，又不俗气。

这真是个蕙质兰心的小姑娘，他低头看着那杯茶，想起在书中看到的那句话：将命运打倒吧，尽力去做人应该做的事。这个小姑娘的一生大概都在跟命运争斗，赤手空拳，拼尽全力。

4

他极认真地喝着茶，喝了半杯，才将杯子放下，双手在腿上交叠，静静地看着丁香，他不是警察，与警察不一样，他的目光并不咄咄逼人，只有冷静沉稳，不急不躁，以及仿佛能看穿人心一样的睿智。

清风吹起挂在窗口的风铃，丁零的声响，伴随着茶香，缭绕在房间的每个角落。

丁香搓了搓自己的手，在他沉静的目光中，突然有些焦躁。

"丁香，以你的聪明，应该在我们进门的那一刻，就猜到我们要来干什么、我们查到了些什么，你并不害怕不是吗？"蓝非原看着她，一字一句慢慢地说，每一个字句，似乎都敲击着丁香的灵魂。

丁香在他不徐不疾的话语中，慢慢挺直了身子，眼睛里的泪光收了收，目光散漫下来，嘴角处染上一抹似有若无的笑。那笑似在嘲讽，又似乎什么都没有。

她扬了扬头，看了蓝非原一眼，眸中带泪，却泛着冷冷的光："我不害怕，是因为，我并没有做错什么。"

蓝非原抬了抬眸从衣袋里拿出一张 DNA 检测报告单，上面一共有两个样本，一个是妞妞，一个是高云，DNA 检测她们母女关系比例为99%。

妞妞就是房间里那个痴傻少女的名字，福利院的人都这么叫她。

蓝非原指了指房间："她是高慧慧？"

丁香的眼神在看到这份 DNA 检测报告时，彻底冷了下来。她移开视线，扬了扬下巴："既然都知道了，干吗还问我？"说完这句又补充了一句，"你们不是在查连环杀人案吗？现在嫌疑人自杀，案子已经结束了，干吗还追着我不放？我可没杀过任何人。"

蓝非原将报告收了起来，迎着少女冰冷的目光，问："我不是警察，不准备审问你，我来这里只想知道真相。"

丁香听他这么说，突然笑了起来，笑容非常甜美，可是目光却是冷的，看起来很突兀："他说的果然没有错，你太在乎真相了，太想知道谜底了，就因为这样才那么容易被骗。不过，以你的聪明，就算被骗了，也会很快反应过来，他还跟我打赌，你会不会就此放过我一马。"

"他"指的是谁，蓝非原和连小元心中都有数，只是之前"他"的存在只是猜测，现在从丁香口中证实了"他"的存在，两个人难免有些心惊。

离"他"越近，离谜底就越近，蓝非原忍不住地兴奋，但是他并没有表现出来，只是轻轻颤着的指尖，想要出卖他的情绪。他垂了垂眸子，端起茶杯："他就这么了解我吗？"

"他什么都知道，这个世界上所有的事情，都在他的掌握之中，他是我见过最聪明的人，当然了解你。"丁香说着"他"时，脸上的崇拜和爱意几乎掩饰不住。

"好，我们先将'他'放在一边，说说你的事。"蓝非原故意转移话题，他不准备成就丁香的幻想。他放下杯子，恢复两手交叠，目光沉静的姿态，"看在我真的放了你一马的分上，告诉我事情真相吧。"

对于蓝非原打断她对于"他"的描述，丁香果然有些气急败坏，第一次露出怒意，喝了口茶，才稳定了心神。

"你想知道什么？"她吐出一口气，眉心一点红痣随着笑容跳动，清纯和妩媚交织在一起，将她装点成一个充满魅力的少女，"如果你在公众面前拆穿我，高云根本不会判那么重的刑，你救了我和慧慧，为了答谢你，你问什么，我都知无不言。"

她说这话的时候，回头看了眼房间的门，透过没关的门，房间里的少女一边往嘴巴里面塞薯片一边看着《天线宝宝》，满脸孩童般的笑容。

"那么就从慧慧开始说吧。"蓝非原目光清明，慢慢将话题引入正题，"慧慧没死，是你救的慧慧，因为你发现慧慧被继父刘天祥性侵，慧慧跟你最要好，你们无话不谈，她第一时间就告诉了你，你很生气地劝慧慧去报警。"

丁香点了点头，说起那段往事，清纯的脸上便满是狰狞。

垃圾场后面的小山，是两个女孩最常去的地方，山的旁边有一处水塘，她们两个就经常坐在水塘边上，一边丢着石子，一边说着心事。

　　而那一天，平日里漂亮整洁的高慧慧却一身肮脏，裙子撕开了一个大口子，满脸都是灰，手臂被擦破了一大片，蹲在水塘边就只知道哭。穿着破旧脸却十分干净漂亮的小姑娘在一旁劝她："报警吧，警察叔叔一定会把坏人抓起来的。"

　　高慧慧起先是不敢，可是后来她实在想不出办法来，就只好答应了。

　　"就是我的这个主意，害死了慧慧。"丁香咬牙切齿，面目阴狠起来，"我没想到平日里温温柔柔，对慧慧百依百顺的高云，会反对慧慧去报警。她哭着跟慧慧说，她又欠了赌债，刘天祥要是不给她还钱，她会被放高利贷的活活打死，求慧慧忍着点。她说的是人话吗？让慧慧忍着点！因为刘天祥说了，当初娶她，就是为了慧慧。"

　　"所以，你就计划让慧慧诈死。只不过中间出了差错，慧慧掉进了水里，缺氧太久，造成永久性的智力伤害。"蓝非原说。

　　丁香点头："本来计划很顺利的，哪想到那天刘天祥又去找慧慧了，慧慧实在想不开，假戏真做，真的跳河了，我和刘爷爷，费了很大的劲才将她救回来，藏在福利院里。人救是救回来了，可是醒了之后就人事不知，而且经常水肿，脸肿得变形，不过这样也好，什么事都不记得才最快乐。脸肿了，也没人能认出她，当作福利院新收的流浪儿，也没人怀疑。"

　　刘爷爷就是福利院的门卫，他果然是个知情的。

　　"如果说慧慧是这一切的起源，那么你后来故意往刘天祥身边凑，就是为了报仇？"蓝非原问。

"无论报不报仇，我都不能放过他，因为他已经盯上我了。"丁香苦笑，看着自己的手，她的手比普通女孩的要小，晶莹娇小，真的很漂亮，她想到刘天祥第一次握着她的手夸她的手真好看的时候，心里还是阵阵作呕。

她抬头，将眼眶中的眼泪忍了回去："丁德海那个畜生也不会让我有好日子过，就算刘天祥不找他，他知道刘天祥的癖好之后，也会将我往前送。呵，你们想象不到，我那个时候每天过的都是什么日子。为了活下去，为了不变成第二个慧慧，我只能拼了。"

"所以你一边假意接近刘天祥，一边开始在他的水里下毒，让他性欲减退，为你的计划赢得时间？另一边挑拨他跟高云的关系，让他经常性地打高云，你再代替慧慧的角色去安慰高云？"蓝非原直到今日，都觉得难以置信，一个十二岁的女孩若不是被逼急了，怎么会有这样的心计？

"这并不是很难的一件事，高云和刘天祥本就貌合神离，要挑拨他们实在太容易了。"丁香轻蔑地笑了起来，"最终高云实在受不了刘天祥了，就如你说的自卫杀人。至于下毒……我可不承认自己干过那种事，我那个时候还是个孩子啊，叔叔。"

丁香的表情里满满都是讽刺，蓝非原竟不觉得刺眼，他笑了起来："你实在是很聪明，从不脏了自己的手，我确实没有证据证明，毒是你下的，六年了，什么证物都没了，只要法庭相信毒是高云下的，那么它就是高云下的。"

"没错，就是这样，叔叔，我是清白的。"丁香笑了起来。

"刘天祥死了，慧慧的就仇报了，你想看着他死，所以那天，你一定在现场。"蓝非原说得笃定。

丁香承认得也爽快："是的，叔叔，我什么都看见了，我可以做目击证人。"她笑，但是随即就笑不出来了，接下来发生的事，至今都让她心有余悸。

"你也看到了邱平肢解刘天祥尸体的过程。"蓝非原看着她，目光沉静，"很可怕吧？"

丁香低着头，末了，转过头去捂住了脸。

她没说话，但她的表现证明了蓝非原的猜测，她确实什么都看到了。

5

那晚月光很亮，她藏在垃圾场的一个大纸箱里，纸箱上有她事先戳好的洞，她能够透过那个洞，看到外面的一切。

高云和刘天祥如她所愿地吵了起来，高云终于动刀了，刘天祥倒下了，高云吓得拔腿就跑。

她看着刘天祥的尸体，默默在心里对慧慧说，慧慧你的仇报了，仇人死了。她松了一口气，准备从大纸箱里出来，可就在这个时候，一个男人走进了垃圾场。

那个男人一身黑衣，明明没下雨，他却打着伞，胳膊上绑着绷带，绷带上还渗着血，背着一个医药箱一样的黑色箱子，缓慢地走到刘天祥的尸体前，然后他就站在那里，盯着刘天祥的尸体看。

他的脸被伞挡着，她看不到他的脸，可是却能够听到他越来越粗重的呼吸声，那是兴奋的喘息声，她听着听着，无端起了一身鸡皮疙瘩。

接着男人蹲了下来，他放下了伞，放下了箱子，然后用手在刘天祥尸体上比画着，比画完，他打开箱子，拿出一把刀……

她吓得一动不敢动，浑身僵硬得失去了活动能力，过了许久才想起来，赶紧低头捂住了自己的眼睛。

等外头没有动静了，她才敢睁开眼睛，看到那个疯子从箱子里拿出一些灰白色的蘑菇样的东西撒在尸体上，过了片刻，他解开自己胳膊上的绷带，揉碎那些灰白色的蘑菇，按在伤口上，狂笑着："我不用去死了，我还有救，妈妈，我还有救。"一边喊着，一边跑了。

接着，高云拖了一个旧行李箱过来，看到被肢解后的刘天祥的尸体，顿时吓晕在原地。过了许久，她才醒过来，颤颤巍巍地爬起来，戴上胶手套，将刘天祥的碎尸装进行李箱中，拖走了。

丁香没说，蓝非原却可以想象得到，他有些不忍心，就换了另一个问题："我很好奇，你仇也报完了，为什么还要跟着高云？"

"我原本并不想跟她再有什么牵扯，可是……"丁香低了低头，苦笑一声，"她跟丁德海比起来还是好的，至少她不会要了我的命。那天晚上我一直很害怕，回到家之后，做饭也心神不宁，打翻了丁德海的一瓶酒，他就跳起来用皮带抽我。他学聪明了，从来不抽脸、胳膊、小腿，这些露出来的地方，专门抽衣服遮盖的地方，那天，他险些将我打死。之后我也明白了，跟着丁德海，我永远没有好日子过，不如选高云。"

选高云还有其他的理由，高云继承了刘天祥的财产，够她挥霍一阵子，再加上丁香知道她杀了人，她对丁香有些忌惮。丁香不让她去赌，她为了不坐牢，也是会忍着的，虽然有时候还是会偷着去，但是不敢借高利贷了。

丁香选了高云，可是丁德海不同意，他说除非他死了。

丁香想起那个时候，还是会绝望，就在高云带着她跟丁德海谈崩的那天，她一个人在街上游荡，偶然间遇到了那个肢解了刘天祥的疯子，她跟了上去。她并不知道她为什么会跟上去，现在想一想，她那个时候是想死的。

她以为那个疯子会杀了她，可是疯子没有，疯子对她并没有兴趣，她问疯子伤口怎么弄的、问他伤口好了没有。疯子不理她，只说："我会帮你清理干净的，我有这个责任。"

后来，丁德海失踪了。再后来，丁德海的尸体被发现。丁香这才明白，那个疯子话里是什么意思。

他为她清理干净了身边的障碍。

"丁香，我只问你，你有没有对他表示过感谢？"蓝非原问她，神情严肃起来，"这很关键。"

丁香静静地回望着他，眼中无所畏惧，甚至很冷漠，接着她笑了一下："叔叔，你说什么我都听不懂。"

蓝非原明白了，她对邱平表示过感谢，这直接成就了邱平的幻想，可是她不会承认，有人教导过她。

她聪慧果断、意志坚定，就如同高云再一次欠下巨债，开始打她房子的主意的时候，她毫不犹豫地决定抛开高云。

但是想要彻底地开高云并不容易，毕竟在外人眼中，高云对她恩重如山，她不能给公众留下忘恩负义的形象。但如果高云因为刘天祥一案入狱了，就是另外一回事了。可是要怎么揭发那桩旧案才能自然又牵扯不到她呢？毕竟她那个时候连高云将刘天祥埋在哪里都不知道。

就在这个时候，"他"出现了，简直就如同阴雨天的阳光，照亮了她的世界，她再也不是一个人孤独前行。

"他"能够提供案情的最新进展，在最合适的时候，要她谎称房款被骗，将高云的注意力转移到一个跟这个案子完全无关的房产诈骗集团上，引高云上当。要病急乱投医的高云去找杀人的疯子做交易，暴露刘天祥的埋尸地，再引起前来调查她的警察的注意，让蓝非原和连小元注意到了蛋糕店，并在去调查蛋糕店的时候，弄翻了衣柜里的盒子，露出所有她精心准备好的证物。

那些证物符合犯罪心理学逻辑，给出适合的物品，甚至推理结果都能控制得恰到好处，她不可能懂这些，是"他"教她的。

"他"了解蓝非原，了解得如此透彻，若不是清楚地感觉到"他"的恶意，蓝非原甚至怀疑，"他"就是自己。

"他"甚至连他的自负，他对谜底的执着痴迷，对实际勘查经验的缺乏，都计算得清清楚楚，"他"就这么轻而易举地操纵着他。

蓝非原的调查结果并没有错，只是每一步都在"他"的误导下，成功地躲避了"他"不想让他知道的事。

包括后来的丁香不满判决，掀起民意的那番闹腾，都是为了让案子推翻重判，给高云定罪，让丁香彻底摆脱高云。

还有"他"给蓝非原的最具毁灭性的打击——让邱平自杀了。

丁香成就了邱平的幻想，成了邱平母亲的替代者，若他知道自己的死，能帮丁香结束这一切，他会义无反顾。

所以，邱平才将自己的自杀秀演绎得那么具有仪式性，并且千方百计地将自己分尸，因为那是他的标志，强迫症一样的标志，就好像不那样，他就无法好好离开这个世界一样。

毕竟一个熟知犯罪心理的人，操控一个疯子实在太简单了，最大限度地成就他的幻想即可。

"他"用蓝非原最骄傲的、最敬畏的父亲留给他的知识，打败了他。

这是多么高的手段，这样的人，他何德何能被"他"视为对手？

蓝非原看着这个租来的二居室，简单、干净，处处透着少女的情怀，可是他却透不过气来。幸好这个时候，连小元抓住了他的手。

女孩的手很温暖，带着一些潮湿，看得出她十分紧张，他侧头看了她一眼，果然，她另一只手，正紧紧地握成拳。

他嗓子发干发涩，过了许久才找回自己的声音："他是谁？他在哪儿？他为什么这么恨我？"

"不，他不恨你，他很在乎你。"丁香扬着唇，眉心的红痣越发艳丽起来，"他说你是他活着的唯一动力。叔叔，说真的，我很羡慕你。你也别想从我口中问出关于他的任何事，我宁愿死也不会出卖他。"

蓝非原看着丁香，过了许久都没说话，连小元想起那天晚上她跟踪高云去垃圾场，与邹平和黑面巾人的那次照面。想起黑面巾人晶亮而兴奋的眼神，她忍不住心惊。那次照面本是不必要的，以"他"的聪明，完全可以避免。但是，"他"却偏偏出现了。

那不是失误，"他"想要跟她打一架，"他"想试探她的实力，因为她是蓝非原身边最后一道防线。

那个黑面巾人，会是梅赋吗？

她想起梅赋，想起那张帅气阳光的面孔和他痞气的笑容，忍不住心里一阵烦躁，开始有点恨自己警惕性太低，怎么一开始没发现"他"不对劲呢？

连小元带着这样的烦躁抬手拍了拍蓝非原的肩膀，语气执拗："蓝小非，你别担心，我们一定会抓到他的。"

蓝非原回头看连小元，她的小脸晶莹洁白，严肃坚决，似在安慰他，表情却像在发誓。他看着她，似乎看到了光亮，骤然间，眼前一片清明。他抓住她的手，在手心里紧紧握了握。

他已经找到他的"赵小胖子"了，有她陪着，他还害怕什么呢？

他们离开 B 市时，天空又飘起了毛毛细雨，丁香站在楼洞里目光阴冷，在她的身后痴傻的慧慧舔着一根冰棒，冰棒化成水弄得慧慧满脸满手都是，她转头用纸巾细心地给慧慧擦着。

蓝非原拉开车门，丁香的声音从细雨中传来："我从来没想过害谁，我只是不能坐着等死，我问心无愧。"

蓝非原没说话，钻进车里。

连小元也上了车，车里十分燥热，她开了空调，空调的风在闷热中四散开来，带着沁人心脾的凉爽。

"现在一切都明白了，你是怎么想的？"他将手放在方向盘上，却并没发动车子，只是盯着来回摆动的雨刷发呆。

连小元盯着窗外的雨幕看，她说："身为大人，身为警察，没能好好保护我们的孩子，逼得孩子自己拿起了刀，现在满心想的都是如何给孩子戴上手铐，我为这个案子感到羞愧。但是故意误导警方办案，终究是犯法的，我会上报给我们头儿，让他来处理。"

"上报也没用。"蓝非原自嘲地笑了笑，"她玩的是心理战，没有任何实证，就算是你们头儿也奈何不了她。只能派人盯着她一些，看她有没有下一步行动。"

"嗯。"连小元点了点头，然后又想起什么似的皱了皱眉，补充了一句，"丁香只不过是他用过的一枚棋子，你才是他真正的目标，以后我们要更加小心。"

蓝非原轻笑了两声，不置可否，发动车子，车子滑进雨幕，如入江的孤龙，迅猛而充满了力量。

———————————— 录音 ————————————

"我怎么觉得我输给你了？"

"你还是为我做了掩护，不是吗？"

"现在还不能暴露你。"

"玩得开心吗？"

"十分开心，你真的是个天才。"

"你教得好。"

"青出于蓝而胜于蓝。"

"你觉不觉得，她出现之后，你的思维变得迟钝了？"

"上次不是说了，不再因为她跟我闹别扭了吗？"

"……"

"反悔了？"

"我就是担心，你太过投入。"

"……"

"你竟然不三驳？"

"你现在的样子，真像个歇斯底里的妻子。"

"……"

"实在太可爱了。"

"不要她好吗？她可以带给你的，我也可以。"

"以后我们不要再谈论这个话题了。"

〔第十五章〕
爱情的本来面目

一个男人对女人的占有欲，
才是爱情最原始最本来的面目。

1

　　整个夏天，S 市都笼罩在一片火辣的烈日中，被太阳过分热烈的光芒炙烤了一段时日之后，大家又开始怀念梅雨季的凉爽，期盼着能够下场雨，当初梅雨时潮湿到长蘑菇，整日骂天不出太阳的烦闷，早就抛掷到了脑后。

　　梅雨季小巷碎尸案，随着最后一个抛尸地幸福里拆迁，夷为平地而彻底终结，其中牵扯出的案中案，也审理结束，高云涉嫌故意杀人，被判了二十年，转去 S 市监狱服刑，而丁香这个悲剧女主角，也慢慢被人们淡忘，开始了新的生活。

　　蓝非原似乎也没什么变化，每天的日常，依旧是开会，见委托人，上庭下庭，有规律而自持，似乎没有因为案子和隐藏在暗处盯着他的杀手而产生一点影响。

这可苦了要继续充当贴身保镖的连小元。她本就受不了文绉绉的工作，现在每天跟着蓝非原窝在事务所里，开会听报告，手脚都舒展不开，整个人都快废了，做梦都想去拳击馆里跟教练好好打一架。

　　中午两点钟，外面骄阳似火，办公室里开着冷气，十分凉爽，蓝非原坐在电脑后面，跟事务所里其他两名律师开个碰头会，下午四点有个案子要开庭，接手这个案子的律师姓杨，是个新手，希望听听他的意见。

　　他翻看着文件，听杨律师说自己的想法，听着听着，身旁的长沙发处，传来低低的鼾声，他顺着声音看过去，果然看到连小元歪在沙发上，睡着了。

　　这小妮子的头发长长了一些，受不了一点燥热的她，将所有的头发都绑在脑后，露出光洁的额头，洁白的小脸非常可人。为了耐脏，穿了黑色的贴身 T 恤、深蓝色牛仔裤，衬得身材十分姣好。此刻也许是困得厉害了，她随意地倒在沙发上，黑 T 领口原本就有些大，此刻更是被拉扯到了一边，露出一片雪白的肩膀。

　　他看见那片雪白，只觉得十分刺眼，嗓子有些干渴，放下文件，端起茶杯喝了口水，然后起身拎着自己的西装外套来到她身边，盖在她身上，正好挡住那片雪白。

　　原本正讨论到激烈处的两位律师，止住了声音，眼睛随着蓝非原的动作落到连小元身上，表情有点蒙。

　　蓝非原走回座位，看到一脸呆滞的两人，又重新拿起文件："继续啊，你们继续。"

　　两位律师又继续刚才的话题，蓝非原的注意力却怎么都无法集中到公事上，总是时刻想往连小元身上瞄。

小妮子睡着的样子十分恬静，完全没有醒着时那么让人生气，鼾声也是小小的、细细的，像只小动物。

他看着看着不自觉地轻笑了一声。

他这一笑，把正讨论得热火朝天的两名律师吓了一跳，那位马上要上庭的杨律师更是惊出一脑门的汗，连忙问："我哪里说错了吗？"

"嗯？"蓝非原猛地回神，将注意力放回眼前的两人身上，见两人正一脸惶恐地看着他，他忙正了正心神，严肃脸安慰他们，"没错，条理清晰，切入点也正确，我没什么意见。"

没意见，为什么笑？杨律师此时内心是崩溃的。

诚惶诚恐地又谈了谈自己接下来的想法，以及对结案陈词的想法，话还没说完，蓝非原突然又拿起了桌子上的遥控器，将室内空调的温度升高了一些。

蓝非原内心：赵小胖子刚才抖了一下，是不是冷了？

杨律师内心：我的结案陈词这么无聊吗？让你分心成这样啊老板。

好不容易进行完这场碰头会，离开蓝非原的办公室，杨律师的脚步有些虚浮，蓝非原却已经拿起了电话，拨了内线给自己的秘书："三点之前，谁也不要来我的办公室。"

放下电话，他松了松领带，关掉电脑显示屏，看着赵小胖子熟睡的脸，突然有种岁月静好的错觉。

他索性也靠在椅背上，闭上眼睛，伴随着她的鼾声，走进了他的记忆城。

这段时间，他只要一有时间，便会进入记忆城中搜索黑面巾人的踪影。那个丁香口中的"他"，既然这么了解他，那么就肯定在他的生活中出现过，到底是什么时候呢？

时光串联着一块块记忆碎片，在记忆城中穿梭，学校里不起眼的同学、住在同社区的邻居，抑或法庭上偶尔出现的一直沉默不语的书记员。

似乎都是"他"，似乎都不是。

碎片一片片掠过他的大脑，他的表情痛苦了起来，突然，有个小小的身影走进那片光影中，那个小小胖胖的女孩，手里拿着风车，在一片草地上奔跑着，朝他招手："蓝小非，别皱着眉头了，来看我的风车。风车转一转，烦恼全不见……"

花花绿绿的风车在他眼前转动，他就在这片缤纷的色彩中，慢慢扬起了唇。

连小元舒舒服服地睡了一个午觉，醒来就看到蓝非原靠在椅背上睡着了，自己身上披着他的西装外套，外套很干净，带着清爽的皂香，就像他身上的气味一样。

他睡得很沉，头歪向一边，长睫毛静静垂着，脸部线条比醒着时柔和许多。连小元起身，抱着外套在沙发上坐着，突然觉得心里痒痒的，然后做了个自己都唾弃的变态动作——将脸埋进他的外套中深深吸了一口属于他的味道。

做完这个动作，她的脸跟着红了起来，她也不知道，自己为什么会有这样的冲动，只是看着蓝非原的睡脸，脑海中突然冒出一句话：这个男人，好看得让人无法自持。

蓝非原并没睡多久，醒来时连小元正在打电话，看到他醒了，就朝他招招手，捂了话筒问他："小李生日，在西华厅订了包间，问你要不要一起去热闹热闹。"

对于刑警队的几位刑警，蓝非原的印象还是不错的，只不过他天生不太喜欢热闹，在一起办个案子便成好哥们这种情节不太会出现在他身上，之前警队里有活动也请过他，都被他拒绝了，连带着连小元也不能去，为此这小妮子跟他怄了好几次气。

其实要是硬要他去，他也不是不能去，为了她能高兴，他也愿意忍一下，就像上一次，她硬是拉他去跟罗施和唐御臣吃饭，他也去了。后来还遇上了局里的熟人，一伙人拼桌吃饭，场面热闹得不得了。

他之所以忍了一次之后就不想忍了，只是因为看不惯，她酒后跟所有人都勾肩搭背，玩到忽略性别的豪迈模样，就算是队友，就算有过命的交情，也不能太亲热。

赵小胖子将他的这种别扭情绪解释为"吃醋"，他当然是不承认的。

吃醋？吃什么醋？他又不是赵小胖子什么人。

心里想着该怎么拒绝，蓝非原一时没说话，连小元见他不说话，对着话筒喜出望外："他说有时间，六点是吧，我们一定准时到。"

怎么就有时间了？蓝非原扑过去伸手抢电话，连小元转个身躲开他，抻长脖子继续跟电话那头说："西华厅后面有个拳击场是吧，先给我预约好，开喝之前，我要去出出汗。"

蓝非原在她背后伸长手，她的背紧贴着他的胸膛，从侧面看起来，像是被他环抱住，两个人一个专注着讲电话，一个专注着抢电话，都没发觉他们的姿势有多暧昧。等连小元挂掉电话，一转头，额头正好扫到他的唇上。

他的唇有点凉，却十分柔软，凉凉柔柔地扫过她额头，她却似乎被烫到了一样，整颗心都沸腾了，那种无法自持的感觉又来了。

可是纵使她色胆包天，此时也还是不敢主动干点什么，只能笨拙地在他怀里杵着。

蓝非原此时才注意到自己几乎是将连小元抱在怀里的，而且刚才无意间自己似乎还吻了她的额头，现在这个小妮子正一脸傻样仰着脸看他。

身体里压抑许久的欲望又在叫嚣，他突然有种将她按在办公桌上狠狠吻下去的冲动，但是对于她面对自己时的毫无防备，又有些生气，强行压制住欲望，瞪她一眼。

"我什么时候说今天有时间了？"他没戴眼镜，五官冷而美，漆黑的眸子里有再明显不过的不耐烦和焦灼，"不要擅自替我做主。"

"今天早上说的。"连小元色欲熏心，离他又太近，连咽了几口口水，说话有点理不直气不壮的，"你你……就你说的嘛，祁阳集团的案子给刘牧了，你这段时间都没事可干，至少能休半年的假。"

这话确实不错，为了补偿刘牧，他费了很大的力气成功说服祁阳集团，将他们那桩侵权案交给了刘牧的事务所，这原本是他的活儿，为了这桩大案子，他特意腾出来了将近半年的时间，现在案子没了，事务所里其他的小案子自有别的律师处理，他这半年确实很闲。

蓝非原不说话，连小元就当他默认了，迫不及待地推着他去关电脑，跟着她走。

2

西华厅位于这个城市的繁华地带，前身是个酒吧，后来换了老板，老板换了思路，将这里改成了半酒吧半餐厅的聚餐圣地。大厅里有吧台、有饭桌，可以容纳上百号人聚餐，也有小包间，私密空间相对好些，可以容下十几个好友小聚。小包间里也有独立的吧台、独立的用餐区，还有一个小小的游戏区，游戏区里有投币的游戏机、投币点唱机，像是外面大厅的缩小版，给足了年轻客人玩闹的空间。

对于这里，蓝非原和连小元都不陌生，上回跟罗施和唐御臣吃饭就在这里，来这里是连小元安排的，她担心蓝非原对罗施还是余情未消，要是只单单四个人吃饭，彼此面对面，难免尴尬，于是就叫了队里的其他人一起，大家吃吃喝喝，就算蓝非原和唐御臣全程都不跟对方多说话，气氛还是不错。

饭后，罗施拉着连小元连连表示感谢，连小元嘴上说着"咱俩谁跟谁"，可心里却隐约有些不痛快。

蓝非原面对罗施时，确实和跟她在一起时不太一样，怎么说呢？他面对着罗施的时候，更温柔更小心翼翼，全然没有跟她在一起时的刻薄冷漠和不耐烦。

今天小李订的还是上回他们用的那个包间，连小元和蓝非原去得早了些，队里其他人还没下班，连小元就拉着蓝非原去西华厅的拳击馆准备活动活动筋骨。

西华厅的拳击馆，在花园的后面，原本只是老板自己弄来玩的，后来发现很多客人都喜欢，干脆开放给客人玩了，只不过来玩的客人必须是老手加熟客，这两项筛选下来，其实真正来这里打过拳的人并不多。

因为提前计划好了要来打拳，连小元来之前掐着蓝非原的脖子，让他绕路去她家，她要去拿自己的拳击手套和运动装。

蓝非原不太敢去面对连妈妈看女婿的眼神，硬是不去，结果两个人差点在车里打起来，最后蓝非原掏钱包抽出卡，丢在连小元身上，咬牙切齿："去买新的。刷我的卡。"

连小元立刻换了一张脸，捧着卡，眉开眼笑地朝他直抛媚眼："好的，老板，小的全听您的。"

连小元捧着卡，心情大好，指挥蓝非原直接开向最近的商场，熟门熟路奔去了三楼的运动装备专卖店，最贵的那个柜台。

蓝非原生活一向精致，倒不介意她在吃的用的上面买点好的，她在里面试装，他在外面等着，不多会儿，就见她穿着一套黑色的瑜伽服走了出来，在他面前连转了两圈，得意扬扬地问："怎么样？"

瑜伽服是分体式的，上面一件黑色工字短背心，下面黑色长裤，旁边拼皮的设计，让她整个人显得英姿飒爽。

小妮子常年锻炼，皮肤却很白，露在外面的腰紧实而纤细，腹部平坦马甲线不输健身教练，翘臀长腿，笑起来一脸灿烂。蓝非原抬头看了一眼，眸光立刻深了几分，嗓子干涩得几乎说不出话来，太诱人了，这个小浑蛋，她要穿成这样去跟别的男人打架？

蓝非原脸有点臭，合上为了打发时间才拿来翻翻的这个品牌的宣传册，走到一排衣架前拿了一套宽大的运动服递给她："打拳击不是应该穿这样的吗？你穿成这样不怕受伤？"

那套运动服材质很好，一看就十分舒服，但设计太篮球风了，连小元实在接受无能，一脸嫌弃地将它挂回原处："我才不要穿这种松松垮垮的大裤衩，丑死了，一点也不帅。"说着去更衣室换下自己身上这套，提着去柜台买单。

专柜是半开放式的，货架和货架之间空间很大，连小元在试的时候，也有几位客人在挑选别的，导购小姐忙着介绍，一切井然而忙碌。

买单的柜台在专柜门口，前面排了两个客人，连小元等了一会儿，才轮到她。

看到她过来，收银小姐一脸微笑地说："小姐，有位先生已经帮您买过单了。"

买过单了？连小元第一反应是蓝非原，可他不是把卡给她了吗？

她疑惑地回头看蓝非原，蓝非原也正看她，摇了摇头，表示不是他买的单。

她心里瞬间有种不好的预感，警惕地四下看了看，就在离他们一个专柜的饮食区，一个戴着鸭舌帽的年轻男人，正扬着头冲她笑。

健康的小麦色皮肤，笑起来雪白的八颗牙，带着稚气的一双眸子，不是梅赋还能是谁？

梅赋朝她招招手，然后做了个飞吻的动作，转身跑了。

连小元心里"咯噔"一声，丢下手里的套装，就朝他追了过去，只可惜商场太大，人又多，只转了几圈，就彻底找不到他的踪影了。

回到专柜，连小元神情有点沮丧，蓝非原将柜姐打包好的套装递给她，口气淡然："这间商场上下五层，五百多间店铺，这个时间段，不是高峰期，但是人流量也有三四千，障碍物多，可逃走的路线也多，追不上的。"

"找了他好长时间都找不到，就这么白白让他逃了？"连小元不甘心，接过打包好的套装要往垃圾桶里丢。

蓝非原握住她的手："留着吧，他对你感兴趣，你做出的回应越多，越能吸引他现身。"

"可是没道理啊，黑面巾人不是针对你的吗？梅赋干吗老是来找我？"连小元握着包装袋的提手，不解地皱着眉。

"所以，梅赋不是黑面巾人。"蓝非原抬起头看着梅赋消失的方向，嘴角有一丝冷笑，若隐若现，"他这次出现，就是告诉我，他不是黑面巾人，不要再浪费时间查他了。他的目标是你。"

"我？"连小元瞪大眼睛，"为什么？"

蓝非原没回答，只是握着她的手，拉着她往外走："我们先离开这里。"

因为这个让人不太愉快的小插曲，连小元来到拳击场，换上了那套崭新的运动套装。只觉得浑身不舒服，再加上现在时间尚早，没有对手，她只能对着沙袋打，打了一会儿觉得无聊，再一抬头，蓝非原戴着拳击手套走了上来。

他衬衣袖口的扣子解开了，往上卷到胳膊肘，领带解开丢在一旁，领口扣子也解开了两颗，把眼镜摘了放在场下，走到她面前摆出防御的架势。

"你要跟我打？"连小元对着沙袋打了一会儿了，浑身都是汗，微微有些喘息，可越是出汗眼睛似乎越亮，她就用那双漆黑晶亮的眼睛上上下下打量他，"你会吗？"

她跟他一起长大，蓝非原从小就像个公子哥，自带清冷的英伦式贵气，似乎天生就该与精装本英文原著和手工的定制服装、精致的点心、红茶为伍，打拳这种"粗活"实在跟他的气质不太相符。

"你试试。"蓝非原冲她勾了勾唇，"你要是能打倒我，今晚让你玩到凌晨。"

蓝家一直门禁森严，蓝非原从小就没在外面玩到超过十一点，即便现在长大了，也保持着这种严谨、刻板的生活习惯，即便有应酬，也会在十一点之前回家。作为保镖，连小元也不得不跟着他遵守这种生活习惯，就算周末跟同事们一起玩得再开心，也必须在十一点之前起身告辞。这一点，对于周末派对王连大警花来说，简直是要她的命。

连小元听他这么说，开心得眉毛都飞起来了，晃着拳套，跟他击拳为盟："一言为定，可别后悔。"

蓝非原扬唇笑了笑，没说话，却似乎很自信。

一开始，连小元只使了三分力，她知道自己的拳有多重，一拳打趴一个壮汉不成问题，她就算再想玩到凌晨，对着蓝非原也下不去手。不过很快她就发现自己多虑了，她的拳根本碰不到他。

他太会闪避了。

侧闪、下潜、后撤躲闪、摇闪……几十个回合下来，她累得够呛，却连他的头发丝都没碰到。

她实在打不动了，停下动作，拳套撑着膝盖弯身喘了一会儿，才抬头看他："蓝小非，没看出来你这么厉害，什么时候练的？"

蓝非原气息平稳，只是额头上微微有些出汗，比起连小元来说，要从容许多。

"我只练过闪避，刚才在下面把你出拳的规律记下了，根据你出拳的规律能计算出你什么时候会出什么拳，没什么难度。"他摘下拳套晃了晃手腕，又重新戴上，看着连小元问，"还打吗？"

连小元哪里还肯跟他打，摘了拳套丢到他身上，气呼呼地冲他嚷着："你这种人，出门容易挨揍，你知道吗？"

蓝非原看着气急败坏的她，没说话，脸上带着从容的笑。

就是这种"谜之微笑"，让连小元一整个晚上都活在被智商压制的阴影中，以至于接下来小李的生日会，她拒绝跟他玩任何游戏，就待在旁边，看着别人被虐，然后再看着他被小伙伴们一个一个永久拉黑。

最终，蓝非原被晾在了冷板凳上，连小元这才欢欢喜喜地出战，在斗地主中找回了存在感，在魂斗罗中挽回了尊严。虽然十一点之前还是要乖乖跟着蓝非原回家，但是这一晚也算快活，以至于她在回程的车上都在哼着歌，因为遇见了梅赋而产生的不愉快，都跟着消失了。

3

夏天结束的时候，唐御臣和罗施举行了婚礼。

唐御臣是唐氏集团的二公子，罗施又是近几年蹿红演艺圈的四小花旦之一，他们的婚礼可想而知有多盛大。连小元作为伴娘团的成员，一个月之前就开始试礼服、试发型、试头饰。又因为她和蓝非原的保镖与被保护者的关系，她去哪里，必定拉着蓝非原一起，所以，整个过程，蓝非原都有参与。

起先伴娘团穿的是淡紫色抹胸小礼服，齐胸设计，露出一大片的肩膀和胸前，下摆很长，又很巧妙地开了衩，走动间大腿的雪白若隐若现。连小元从来没穿过这么大胆的衣服，但是她身材够好，有的是料，从不怕露，试穿第一次就觉得好喜欢，就让造型师给她化了淡妆，半长不短的头发在脑后做了个造型，满心欢喜地在蓝非原面前走来走去。

她第一次打扮得像个仙女，蓝非原看了却一脸嫌弃。

"伴娘而已，穿成这样，不是要抢了新娘的风采？"他挑眉看她，反驳的话说得似乎有理有据。

设计师在一旁听得一头冷汗，连忙解释："这款礼服跟新娘的婚纱是呼应的，材质没有新娘婚纱奢华，新娘婚纱是我师父纯手工一针一线缝制的，绝对不会被抢了风头。而且这款礼服罗小姐也点头同意了。"

连小元扯着裙摆，看镜子里的自己，越看越顺眼，听了设计师的话更是猛点头，又来回走了两趟给蓝非原看："多好看啊。"

她走动间，带动起了一阵风，白皙修长的大腿和雪白的肩，以及半边酥胸全部露在外面，直晃他的眼睛，他只用了一秒钟就决定了，绝对不让"赵小胖子"穿成这样去人前晃。

他并不跟连小元和设计师争辩，直接拿出手机给罗施打电话，只用了短短几句话，就让罗施改变了主意，否定了这款礼服，最终选了另外一款湖绿色的，也很美，小露香肩和美背，但是大腿和胸都遮住了。

罗施敬蓝非原如亲兄，他说的话，她当然都听。

新挑选的礼服也很美，连小元穿上也像个仙女，但不知怎的，她的心却凉了半截，脱下礼服之后，就一直垂着头，没跟他说过半句话。

他就那么怕她抢了小施的风头吗？

在他心里，到底还是小施比较重要。

任何人都还不知道他们的关系之前，赵小胖子作为一个旁观者听小施说过她与她的蓝哥的渊源，她的蓝哥对她无微不至的这么些年，正是赵小胖子再也寻不到蓝小非的日子。心上缺失的那一块就在小施手里，在那一刻，就算面前坐着的是她的挚友，她也忍不住嫉妒了起来。

那是她的蓝小非，她不想让他成为任何人的谁谁，那是她羞于启齿，却萦绕于心的私欲，堵在心头，无法排解，渐渐成了一颗毒瘤。

回程的车，是她开的，她沉默不语，车四平八稳。就是这种安静，让蓝非愿意识到，"赵小胖子"在跟他怄气。

重遇以来，她在他面前一直都是讨巧的、拼命的，就算是上次，他骗过她，一个人去见高云，她也很快就不生气了，这一次要是像上一次一样，也发那么大的火，必定也是很快就不生气了，可是她却一声不吭。

赵小胖子他是了解的，平时都很闹腾，安静下来，不是睡着了，就是真的生气了。

他有些不太明白，一件衣服而已，她为什么就那么执着于暴露的那件？

"湖绿的那件你穿更好看。"他试探着跟她说话。这个意思是有些在求和了，可她依旧不打算理他一般，一声不吭，静静地将车开进他家的停车库。

进电梯也是。平时总是跟他肩并着肩，要么就在哼歌，要么就眉飞色舞跟他说些好玩的事，她总像只蹦跳的猴子，一刻也闲不下来，他才是那个安静听着的人。今天却换了个样，她一进电梯就缩进了角落里，低着头看脚尖，不说话也不抬头。

她这么安静，他倒不习惯了，没话找话说："明天陪我去试西装吧。

我要代替罗成牵着小施走红毯，要穿得隆重些。"

她不说话。

他又说："今天晚上吃什么？还做饭吗？不如出去吃吧，楼下新开了家川菜馆，要不要去试试？"

她这次终于抬头了，面无表情地看着他："不饿，不想吃，不想出门，你叫外卖吧。"

赵小胖子从小爱吃，赵越一边嫌弃闺女太胖，一边去饭店偷师，做得一手好菜，喂得赵小胖子肚子溜圆。在赵越的熏陶下，赵小胖子从小也爱下厨，六七岁的时候就能将一些简单的菜做得色香味俱全，这次因为要做他的全职保镖，住进他家，更是重新开发了他的厨房，每天早饭、晚饭，变着花样做。

蓝非原一个人的时候每天外卖便当，或者下馆子，也没觉得有什么，这一阵子，吃她做的饭菜已经吃习惯了，猛地听到外卖两个字，竟然有些抵触。

他知道她还在生气，轻轻叹了口气，说："不叫外卖了，我自己做。"

不得不说，人总有强项和弱项，蓝非原记忆力非凡，智商超高，但厨艺方面还真没什么天赋，纵使是仗着好记忆力，背下了菜谱，实际操作起来，也慌手慌脚不得要领。

油温过高，鱼丢下去，猛烈炸起的油烫到他的手，他赶紧丢下锅去冲水，冲完了水一回头，锅里正滚滚冒着烟，焦煳味充斥着厨房，他慌乱地加水，水遇到高温，刺啦一声，滚滚白烟糊住了他的眼镜。

一阵兵荒马乱之后，败下阵来，他关了火，摘了眼镜，走出厨房，正看到连小元胳膊撑在门框上看他。

他满身狼狈，脸上还有深一道浅一道的油污，一本正经地困惑道："我明明按照菜谱一步一步来的，怎么会这样？"

连小元咬了咬牙，揪掉他身上的围裙，自己走进厨房。

半个小时之后，三菜一汤端上了餐桌，一如既往的色香味俱全。

她将饭菜摆好，转身去房间，蓝非原先她一步拽住了她的手腕："吃饭了，你去哪里？"

"不想吃。"她蔫蔫的、无精打采的样子，原本晶莹洁白的小脸也灰扑扑的，挣脱他的手，走进客房去了。

一直以为她都是精神饱满地围绕在他身边，猛地看她蔫蔫的样子，他的心竟然生出万分的不忍，走到客房门前，敲了敲她的门："你要是真喜欢那件礼服，我给你买回来就是，也并不是什么大不了的事。"

房间里静静的，她没有回应。

蓝非原这才真是慌了神了。

无论是从前还是现在，他都自认哄起她来有一手，她是多么容易满足的人，无非要什么给什么，就眉开眼笑了，怎么这次这么较真？

他有些着急，又敲了一会儿门，见她还是铁了心不理他，这才转身回到餐桌前吃饭，可是一个人吃饭有什么意思，饭菜再香也索然无味，他吃了几口，没了兴致，就将碗放下了。

4

连小元一连生了几天的气，直到婚礼当天也没消。

那天早上，唐家来了两辆车，一辆接伴娘的，一辆接蓝非原这个新娘的亲眷，这是 S 市的规矩，男方家要做到面面俱到，才算全了礼数。

连小元倒没忘自己的职责，即便跟蓝非原分车而行，也不忘让司机紧紧跟着蓝非原那辆车。

伴娘车里还有龙懿。龙懿是罗施的死党兼前任经纪人，伴娘团当然不能少了她，她不住在这附近，之所以非要跟车来接小元，完全是因为来这里能早点看到蓝非原。

她对蓝非原的心，路人皆知，表白了几次被拒之后，最近也有点心灰了，只是隔着窗户看到蓝非原时，眼睛还是会发亮。

其实龙懿条件不错，身为大明星穆良轩的经纪人，事业发展一帆风顺，外形娇小俏丽，杏眼翘鼻，穿起职业套装行走在职场，颇有女强人的泼辣爽利。

可她就对蓝非原着迷，好几年了，劲头一点都没减弱过。

"听说，蓝哥帮你们破了一起大案。"龙懿在车里拉着连小元八卦。她早就听说了这件事，一直想打听些细节，可惜唐御臣守口如瓶，罗施一知半解，只有连小元这个全程参与的人最有发言权。

案情细节自然不好对外说的，连小元含混不清地点着头，龙懿却没那么容易放过她，拉着她的手，眼睛晶亮地问："说说嘛，听说是一起连环碎尸案，新闻上说得含含糊糊的，到底是怎么破的？"

连小元眼睛盯着前面的车，冲她为难地笑了笑："新闻上不说的，我也不能说啊，美女，丢了饭碗你养我啊？"

龙懿表示理解，但依然是满脸的失望，接着看到连小元死死盯着前面车的眼睛，又叹了口气："真羡慕你，从小跟蓝哥一起长大，现在还能跟他出双入对的。"

鉴于黑面巾人的目的明朗化，就是冲着蓝非原去的，再加上蓝非原协助警方破了碎尸案，局里已经明确将连小元派到他身边当保镖了，虽然没发文件，但是大家都已经默认了这件事，没人觉得有什么不妥。毕竟人家两个是发小，在一起习惯了，又有默契，换个别的警察过去，未必能跟蓝非原处得来，不如不换。

听到龙懿的叹气声，连小元才侧过头来看她，年轻的姑娘化了精致的妆，满脸愁容。她突然有点好奇，试探地问龙懿："世界上比蓝小非好的人多的是，你干吗总盯着他这棵歪脖子树？"

"蓝哥可不是歪脖子树。"龙懿笑起来，笑得十分惆怅，"唉，我要是能控制自己的心就好了。"

是啊，人要是能控制自己的心就好了，若能控制自己的心，她也不至于越来越贪心，从一开始只是与他是发小的交情，到后来期望自己在他心里独一无二，发展到现在无法容忍他心里还想着别人。

两个人各怀心事，静了下来，一直到了婚礼现场都没再说过一句话。

婚礼之前，蓝非原偷偷跑来伴娘休息室找连小元，手里拿着一个礼盒，里面装的是那件礼服，他将礼服递给连小元："裙子买回来了，别生气了。"

连小元没接那个礼盒，她只是看着他，漆黑的眸子有一层水雾，波光潋滟："小施是明星，走到哪里都是焦点。我跟她没法比，就算穿得再好看，也抢不了她的风头，你何必那么小心翼翼？"说着，转身进了休息室，并"砰"一声关上了门。

蓝非原直到这个时候才明白，赵小胖子为什么生气，他皱了皱眉，看着手里的礼服，苦笑了一下，看来他真是说错话了。

婚礼在一个欧式城堡一样的豪华酒店里举行，走上红毯前，罗施和蓝非原站在红毯那一头等着，蓝非原有些心不在焉右手把玩着左手袖子上的袖扣。罗施捕捉到他这个小动作，捂着红唇笑了一笑，低声问他："蓝哥，你跟小元吵架了吗？"

他跟小元的关系，唐御臣早早就跟她八卦过了，并有史以来第一次，讲八卦并且添油加醋。对于情敌有新恋情这种事，唐队长表面看起来酷酷的不在意，其实私下里一直是欢欣鼓舞的。蓝非原越早有人看着，他就越早放心，放心不再有人跟他抢小施，毕竟以小施对蓝非原的在乎程度，蓝非原若不是冷静理智的性格，使用些非常手段，他真没把握能那么顺利追到小施。

蓝非原回头看她，这个自己当妹妹宠了很多年的女孩，即将为人妻了，柔美曼妙的婚纱将她衬得宛如天女，他看着她柔柔地笑起来："没什么，她那种小孩子脾气，哄哄就好了。"

"礼服的事，设计师已经跟我说过了。蓝哥，有些事也许你自己都没意识到，你当初说喜欢我，我之所以不回应你，就是觉得你跟我似乎总隔着什么，我一直都想不明白隔着的是什么。直到别人跟我说了你跟小元的事之后，我就明白了，你跟我是同类，我们都是有过创伤，一度封闭内心的人，你对我的喜欢也许只是同类的相吸引，你从来都不在乎我穿什么露不露，可你在乎小元穿什么。你不许她穿得太过暴露，这是你的占有欲，而一个男人对女人的占有欲，才是爱情最原始最本来的面目。"她说着，微微笑着，然后音乐响起，她抬起手来，柔柔笑着，"蓝哥，谢谢你陪我走过我最难熬的几年，我现在很幸福，希望你也能得到幸福。"

蓝非原望着罗施，这个女孩一直都很聪慧，从很久以前她就知道自己要什么，并一直执着追求着，他却还在纠结一些莫须有的事，他不如她。

他执起她的手，轻轻拍了下她的手背，然后牵着她走上红毯，一切尽在不言中。

婚礼浪漫而盛大，蓝非原却一直心不在焉，用眼睛追寻着连小元的踪影。连小元有的时候在拍照，有的时候在应付着伴郎们玩游戏，目光也始终会搜寻他在哪里，两个人目光相撞，她会快速移开视线，当作没看见他在看她，临别扭闹得无比认真。

但是蓝非原却觉得很窝心，她一直无论身在哪里，都会不停地搜寻他的身影，这证明，她还是不太放心。

这场婚礼的宾客中，有很多警察，甚至警界的高层，S市警界最高战斗力都在这里了，自然是安全的，可她还是不放心，时时刻刻都要看看他，找到他的身影，确认他好好地在那里，她才会继续玩。

她那么在乎他，在乎到连在怄气的时候，都还在条件反射保护他的地步，那么他还矫情什么呢？

所以，婚礼一结束，他就找到了她，将她拉到酒店的后方，郑重地说："我不让你穿那件礼服，并不是真的怕你抢小施的风头，正如你所说，你也抢不了。"

被他鬼鬼祟祟拉到僻静处，连小元本来还以为他要干点什么不能描述的事情，表示道歉，猛地听他这么说，鼻子都气歪了，他躲开人群，躲开视线，就是为了讽刺她？

她哼了一声，甩手想走，蓝非原却再一次紧紧抓住了她的胳膊，将罗施的话重复了一遍："一个男人对女人的占有欲，才是爱情最原始最本来的面目。"

连小元被他搞得一头雾水，又气又恼，讽刺完她，现在又来挑战她的智商？

她咬牙切齿，简直想一拳打过去："蓝小非，说人话。"

"我说这么清楚了，你还不明白？"他看着她，好看的脸上满是困惑。

她比他还困惑："哪里清楚了？"

蓝非原盯着她，一副"朽木不可雕"的无奈模样，然后俯身轻轻吻上她的唇。

她的唇柔软芳香，比在医院里喂她吃药那次，味道还要好，他原本只是想浅尝一下，提醒提醒她这个榆木脑袋，可是一触到她的唇，就有些失控，狠狠掠夺了许久才放开她。

"这下明白了吗？"他声音沙哑，微微喘息。

连小元眼神湿润迷蒙，一脸呆滞地看着他，然后摸了摸自己的唇，断断续续地说："还……还是不太明白，能再来一次吗？"

蓝非原只觉得自己压抑已久的欲望，在身体里爆炸开来，他眸色慢慢变深了，克制着压抑着，又重新吻上她娇艳的红唇。

两个人都太投入，以至于完全没有注意到，酒店的房间里伸出来的长焦镜头，对准他们，按了两下快门。

拍完照，拍照的人看着屏幕上的交颈鸳鸯，看了许久许久。

午后的阳光洒在城堡一样的建筑物上，为原本就很梦幻的白色城堡平添了几分神秘，这片梦幻中的阴影处，男人长身玉立，修长的手指抚着女人的脸，姿态优雅而霸道；女人闭着眼睛，扬着头，脸部颈部的线条美得如同城堡中逃出来私会的公主。

这样一张照片，堪称完美，拍照的人却似乎不太满意，呼吸因为愤怒而急促，胸口剧烈起伏，最后竟然咬破了手指使劲涂在这对男女的脸上，然后将昂贵的相机砸在了地上。

"叛徒！"他使劲踩了相机一脚，恶狠狠地咒骂着。

5

事后连小元捂着嘴一边偷笑，一边思考了很久，她觉得自己大概从很小的时候就开始垂涎蓝非原了。

蓝小非第一次跟着蓝宁远来到赵越家里时，只有六岁，赵小胖子两岁，那个时候赵小胖子就已经很胖了，肉肉的两截短腿上一圈一圈的肉，活脱脱一个移动的米其林轮胎标志。

六岁的小正太蓝小非正读幼儿园大班，沉默白净又漂亮，跟赵小胖子俨然不是一个画风的，赵小胖子的交往圈子里见到的都是幼儿，与她一样流着口水，时常一脸脏兮兮，动不动就尿裤子。她或许是第一次看到蓝小非这种干净如白天鹅一样的玩伴，当即笑得"咯咯"响，迈着短腿拍着手，朝他扑了过来。

自此之后，这便成了他们见面的标准动作。赵小胖子堆着满脸笑，从远处朝他奔跑，猛地跳起挂到他身上。

从两岁到八岁，再到十二岁，不断抽高的赵小胖子，体重也随之成正比增长，时常将一直身材修长的蓝小非扑倒在地。时至今日，她自己都记不清，已经将他扑倒过多少回了。

那个时候，家里的大人也曾开玩笑，说：赵小胖子，你再这样扑蓝小非，蓝小非要娶不到媳妇了。

赵小胖子踮着脚揽蓝小非的肩膀，一副哥俩好的模样，朝说这话的人嚷："娶不到就娶不到，蓝小非有我就够了。"

回想起那一天，蓝小非当时的表情应该是相当嫌弃的。

就如现在，蓝非原一大早就接到了 N 个电话，从连妈妈到同行，再到事务所的合伙人，纷纷对他表示恭喜，还问什么时候能喝上喜酒，问得蓝非原一头雾水，他跟连小元才刚交往三天而已，怎么弄得尽人皆知了呢？

自从参加完罗施的婚礼，蓝非原就彻底休假在家了，反正他的大客户让给刘牧了，他去了事务所也无所事事，平白连累连小元跟他一起在四方的办公室里闷着，不如干脆休假，还能做点其他的事，陪连小元打打拳健健身，再顺便学学德语和西班牙语。

其实也想过出国去玩一圈的，但是连小元坚决不让，摆出一副苦口婆心的脸劝他："出了国人生地不熟的，万一出点事我连支援都叫不到。"

"哦。"蓝非原不置可否，捧着书继续看。

连小元又凑过来，瞪他："你怎么一点生命受到威胁的自觉都没有？那个黑面巾人没准就在哪个角落里看着你呢，你不着急吗？"

蓝非原放下手中的德语教材，抬头看连小元晶莹的小脸，扬唇笑道："他在暗处都不急，我在明处急什么？"

连小元当时就郁闷了，这什么逻辑？当然是明处比较危险，所以才要着急，躲在暗处的人着什么急？

蓝非原一声冷笑："一个对自己的能力自信到自恋的人，却没人知道他是谁。对他来说，无人欣赏比死还可怕，他当然着急。放心，用不了多久他会自己冒出来的。"

连小元"哦"了一声，穿上围裙一蹦一跳地去做晚饭了。

就是这家伙做饭的短短半个小时里，他接到了好几个恭喜的电话，加上午饭前的几个电话，他一共被恭喜了七八回。

正当他纳闷这几天他和连小元除了在家待着，就是去过拳馆、健身房，也没跟什么人接触过，更没公布过，这个消息到底是怎么传出去时，电话又响了。打电话过来的是许久都没联系过的一个长辈，在电话里祝福蓝非原找到了另一半，并嘱咐蓝非原，结婚的时候务必要邀请他。

蓝非原顶着满头的问号跟长辈寒暄完，挂了电话，皱眉想了一会儿，才猛地想到了，能将这一票人联系到一起的地方。

微信的朋友圈。

他曾经有一个微信账号，是为了方便事务所里的同事联系他用的，平时不会登录，放假了更加想不起来。他用手机登录进账号，输入密码，进入朋友圈，果然看到自己的更新。是连小元昨天逼他跟她一起拍的合影，配图文字是：请祝福我们。

下面一片道贺声，连小元自己还厚着脸皮点了赞。

这种隐私暴露在众人面前的不适感让他皱起眉头，飞快地删了那条朋友圈，然后捏着手机，半躺在沙发上发呆，面前的书，一个字也看不进去了。

片刻之后，连小元端着炒好的菜，哼着小曲，蹦蹦跳跳，放在餐桌上，一抬头看他捏着手机一脸沉思，就凑过来挤在他面前坐下，头靠在他的肩膀上，问："怎么了？"

蓝非原抬起手机，打开自己的朋友圈，在她面前晃了晃，挑了挑眉："就没什么要交代的吗？"

连小元一阵心虚，拔腿就跑，被蓝非原拦腰抱住，压倒在沙发上。连小元今天也不知道是不是故意的，围裙下面就穿了套十分惹火的短T短裤，短T的胸口开得很低，穿着围裙，一股浓浓的成人电影的即视感。

被压倒在沙发上，围裙歪到一边，胸前的雪白更是无遮无掩地暴露在他面前，他只觉得喉头一紧，用了很大的自制力才压制住身体里的骚动，哑着嗓子问她："你怎么知道我微信的密码？"

连小元第一次被他压倒，无言的喜悦冲上心头，让她不自觉地扭了扭身子，表情和声音都嗲了起来："你最重要的两个女人的生日嘛。"

蓝非原这才想起来，他确实所有的密码都默认使用的那组数字，心里默默想着，是不是该换密码了？可那组密码用了很久了，要换还真是不太习惯。

一阵失神，他察觉到身下的小东西，不知道什么时候摘了他的眼镜，丢在了茶几上，此时正解他的衬衣扣子。他穿衣服一向整齐，不上班的时候，衬衣扣子也顶多只解开最顶上的一个，这会儿小妮子已经顺利解了三颗了，大半胸膛若隐若现，小妮子抬头冲他龇牙笑："蓝小非，看不出来，你胸肌不错哎。"

他从小到大都注重隐私，穿衣服风格受蓝宁远的影响，一股浓浓的禁欲系即视感，即便小时候洗澡换衣也不许任何人看，因此即便是小魔头赵小胖子也没看过他手臂小腿之外的其他身体部位。

衣服快被解开了，他猛地拍开她的手，起身扣好，顺便瞪她："那条朋友圈我删了，以后别乱用我的号发这些东西。"

"删了？"主动被拒再加上盗号秀恩爱被删除的耻辱，让连小元愤怒起来，她小炮仗似的从沙发上跳下去，叉着腰，瞪着他，"你什么意思？我见不得人是吧？"

蓝非原微扬着头看着她，表情还算平静，漆黑的眸子深不见底，他没有顺着连小元的话往下说，而是反客为主："盗号这种行为是不是错误的？"

连小元一愣："……是。"

"错误应不应该纠正？"

"应该。"

"那我删了那条错误的朋友圈有错吗？"

"没错。"

蓝非原这才满意地点了点头，伸手拍了拍她的头，做宽大处理状："去做饭吧，下回别再犯这种错误了。"

连小元被忽悠回了厨房，过了好一会儿才想明白，咦，这不对呀，她主动求欢被拒，秀恩爱被删，不是应该趁机闹一场吗？怎么就被上了一节思想政治课呢？

连小元挥着锅铲，满脸郁闷，她知道论吵架论逻辑能力，她永远都比不上蓝非原，她也知道盗号这种行为极端的不道德，可她就是气不过啊，三天了，他都有女朋友三天了，怎么能不对外宣布呢？

要知道她可是当天晚上就打了一圈的电话，所有的人都知道她脱单了，她兴奋成那样，他怎么能这么淡定呢？

她太在意了，而他淡定得跟平时没什么区别，这不公平。

而且，他们不是第一天认识，从小一起混了那么久，知根知底，又都成年未婚，一旦确认关系，宅在家里三天，难道不是应该天雷勾动地火，把该办的事都办了吗？可他倒好，除了表白那会儿吻过她，之后连她一根手指头都没碰过。

昨天晚上她洗过澡，磨磨蹭蹭在浴室门口等他出来，只为了求个晚安吻，嘴巴都噘起来了，他却只是亲了亲她的脸颊，把她给打发了。

成年狼女连小元暴怒掀桌，我又不是小学生，谈恋爱亲什么脸颊，老子要亲嘴，亲嘴！

这一串不满的连带反应就是，一整顿饭，连小元都吃得食不甘味，饭后他去洗碗，她快快地倒在沙发上，猛地被什么坚硬的东西硌到了腰，起身一看，是那本德语教材，她气得将教材拿起来丢到地毯上，光脚狠狠踩了两下。

这本书，蓝非原已经抱了三天了。

她恨它恨得牙痒痒。

让你跟我抢男朋友，让你跟我抢男朋友。

踩完了，又怕被蓝非原看到了生气，她很屌地又将书捡了起来，整整齐齐地摆在茶几上。

做完这一切，连小元将头埋进抱枕里，无声地捶着沙发，她这个恋爱谈得一点也不幸福。

我们秉承万物皆可撩的宗旨，
为迷茫的少女们指引方向，带着满分诚意等你常驻！

文艺少女
话题馆

【扫一扫，马上开撩】

在这里有逗比可爱的话题馆馆长鱼跳跳每天不定时在线陪聊！
（真的不是机器人哦）

在这里还有各种或甜或虐或蠢萌搞笑的戳心话题跟你分享！
（大多是黄金狗粮啦）

在这里只要你参与话题并上了微信头条就有机会领取福利！
（啊，就是这么任性）

在这里你还可以遇见心中的男神／女神，开撩八卦，游戏互动！
（嘻，反正随时有惊喜）

在这里还有最全最新的大鱼书单，最独家的作者专访、最前沿的扒剧扒书，
良心安利，内容有保障，总有一款是你的菜！

如果你觉得还挺有趣儿，不妨找我聊个二十块的 \(^o^)/

第一部完

《我的世界，灿烂的你·完结篇》
10 月上市，敬请期待！

扫一扫看更多图书番外，作者专访

【官方 QQ 群: 555047509】

每周丰富多彩的群活动，好礼不停送！
作者编辑齐驾到，访谈八卦聊不停！